LA

JOLIE FILLE

DE PARIS.

SOUS PRESSE,
DU MÊME AUTEUR.

LE PREMIER PAS...... 4 VOL.

LE MARI DE PARIS.... 4 VOL.

LA COQUETTE......... 4 VOL.

IMPRIMERIE DE A. HENRY,
RUE GÎT-LE-COEUR, 8.

LA
JOLIE FILLE
DE PARIS,

Par M. Arsène de Cey,

AUTEUR DE LA FILLE DU CURÉ, DE JEAN LE BON APÔTRE,
ET DE SAGESSE! OU LA VIE D'ÉTUDIANT.

Deuxième Édition.

TOME TROISIÈME.

PARIS,

POUGIN, QUAI DES AUGUSTINS, 49.
CORBET, QUAI DES AUGUSTINS, 61.

1836.

LA
JOLIE FILLE
DE PARIS.

CHAPITRE PREMIER.

M. POULET MONTE A CHEVAL.

Deux heures après la scène qui termine notre second volume, trois jeunes gens, une jeune fille et un vieillard parcouraient, dans un fiacre, la route qui conduit de Paris à Vincennes.

On devine sans peine que ces personnages étaient les héros de notre livre.

M. Poulet, dont la tête conservait encore les fumées du Grave et du Champagne, regardait bêtement par la portière, sans s'apercevoir qu'il tournait le dos à Passy, village où il croyait aller se réunir à sa femme.

Clotilde était heureuse de se trouver près du jeune homme qu'elle aimait; cependant elle se sentait timide, embarrassée; elle demeurait silencieuse. Quelque chose lui disait tout bas qu'elle était déplacée au milieu d'un groupe de jeunes hommes qui venaient de bien déjeuner, et, de tems en tems, elle jetait un regard inquiet sur son père, qui, tranquille et serein, les yeux ouverts sans rien voir, digérait sans songer à rien.

Les nobles seigneurs eux-mêmes étaient calmes et décens; la présence de la belle et naïve Clotilde leur imposait un respect dont ils se moquaient tout bas peut-être, mais qu'ils ne pouvaient surmonter.

La voiture roulait lentement sur les quais; elle était parvenue à la hauteur du jardin des Plantes, quand M. Poulet parut vouloir sortir de cette distraction somnolente qui ressemblait à un assoupissement. Il regarda autour de lui, et fut tout ébahi de se trouver près des greniers d'abondance, quand il croyait être sur le cours la Reine, à l'autre bout de Paris.

Toutefois, comme il avait de la bonne volonté, et que ses compa-

gnons avaient de l'assurance, on
finit par lui persuader que le pont
d'Austerlitz était le pont des Invalides ; on lui donna le jardin des
Plantes pour les Champs-Elysées,
et il considéra le faubourg Saint-
Antoine comme étant le Gros-Caillou. Il s'étonnait pourtant d'une
chose; c'est que la Seine eût changé
son cours, et que, comme le Jourdain, elle remontât vers sa source;
mais cet étonnement fit place à la
satisfaction, quand on lui eut expliqué que ce phénomène provenait de je ne sais plus quel effet
d'optique, combiné avec les vapeurs légèrement opaques d'un excellent déjeuner.

A Vincennes toutefois, on ne
put dissimuler plus long-tems, mais
on rejeta tout le mal sur un mal-

entendu du cocher. M. Poulet, vivement contrarié d'abord, se résigna pourtant, sans trop grogner. Ses mœurs commençaient à se polir : on lui avait dit, il est vrai, que la jalousie est de fort mauvais ton dans un homme distingué.

Derbain savait où se procurer des montures ; il eut bientôt trouvé quatre chevaux pour les hommes, et un petit bidet couvert d'une selle de femme, qu'il destinait à Clotilde.

La cavalcade commença.

M. Poulet, monté sur un grand cheval normand, était admirable. La culotte, l'escarpin à boucles d'argent, et les bas de soie chinés faisaient un effet prodigieux sur les étriers. Le bonhomme était content de lui-même ; mais il n'était pas sans inquiétudes en se sentant si haut perché. Pourtant il voyait sa fille, toute joyeuse d'un exercice nouveau, ne pas s'occuper du péril; il remarquait l'œil fier, la contenance assurée des puissans seigneurs qui l'entouraient, et il employa tout ce qu'il avait de raison à se faire un peu de courage.

Pendant qu'il se consolidait sur son cheval, Derbain, causant à l'écart avec ses amis, cherchait les moyens d'éloigner le père soupçonneux et grognon de la belle et rieuse jeune fille. Clotilde était si gracieusement posée sur son bidet; M. Poulet était si comiquement perché sur le sien, que les jeunes gens se décidèrent à s'éloigner au galop; sûrs qu'ils étaient d'être suivis par Clotilde et abandonnés par le barbon, qui ne s'accommoderait nullement d'une allure aussi rapide.

Mais en calculant sur la maladresse et la timidité de M. Poulet, Derbain n'avait pas porté en ligne de compte la noble ardeur de son cheval.

Le gros normand avait du caractère ; il voulut suivre ses camarades, sauter, voler, fendre l'air dans les longues avenues du bois. M. Poulet, plein d'humilité pour le moment, ne tenait pas du tout à lutter de vîtesse avec de jeunes fous ; il voulut modérer sa course ; mais cette résolution devint le signal d'une guerre ouverte entre l'homme et l'animal. Si le cavalier retenait la bride, le cheval se cabrait, se levait tout droit sur les pieds de derrière; si l'homme effrayé rendait la main, le cheval partait comme un éclair et rejoignait, en quelques bonds, la cavalcade.

Le pauvre M. Poulet se désolait; pâle de terreur, une main prise à la crinière, l'autre cramponnée à la croupière, il se laissait emporter de profil et tout d'une pièce. Bientôt il sentit que la selle était trop dure pour son gros postérieur; il souffrait comme un martyr, et cependant ne voulait pas crier, parce qu'on aurait vu le peu de dignité de son attitude équestre. Pourtant il fallut bien s'y résigner! Une branche d'arbre lui caressa transversalement la figure, et, du moment qu'il trembla pour la majesté de son visage, il jeta les hauts cris.

Clotilde éprouvait un peu de frayeur, mais beaucoup de plaisir, et se laissait gaîment emporter par son bidet. Toute fière de son courage, de son adresse, elle souriait aux mots d'amour que lui lançait Derbain, quand la voix suppliante du papa parvint à son oreille. Inquiète, tremblante, elle s'arrêta brusquement et refusa d'avancer, malgré les prières de Derbain, malgré les ruades du bidet, que le jeune homme sollicitait secrètement par quelques coups de cravache.

M. Poulet profita de ce retard pour les atteindre.

— Ah! M. le Vicomte, s'écria-t-

il en sautant lourdement à terre,
quel animal indomptable vous
m'avez donné là !... c'est un démon ! Franconi lui-même n'en
viendrait pas à bout...

— Il est ardent, mais doux comme un agneau.

— Un homme comme moi se
connaît en chevaux, M. le Vicomte;
je vous dis que celui-ci est terri-
ble.... Je l'ai vaincu, c'est vrai;
mais, grand dieu! comme il m'a
fatigué!...

— Vous allez le remonter, sans
doute?

— Non pas..., non pas..., c'est-
à-dire, pas tout de suite, je veux
auparavant me reposer.

Cette réponse enchanta Derbain.
M. Poulet, à pied, ne pourrait plus

le suivre ; Clotilde demeurait à sa disposition.

— A votre aise, répondit-il en partant au galop ; nous continuons sans vous la promenade.

— Eh!.... eh!.... eh!.... Clotilde!.... Eh! eh! M. le Vicomte.... Eh! vous autres.... arrêtez... arrêtez..... attendez-moi..... Eh!.... eh !... eh !...

Il avait beau crier, les jeunes gens galopaient comme de plus belle ; le bruit des chevaux étouffait sa voix ; on ne l'entendait pas, on s'éloignait ventre à terre.

— Tonnerre! s'écria-t-il, cela est fort mal... Ma fille seule, toute seule avec trois jeunes gens... avec ça que les femelles dans les bois... Non..., non , ça ne peut pas aller ainsi..., il faut que je les suive.

Mais ce cheval..., ce maudit cheval... Oui, mais ma fille, ma maudite fille!... Allons, Poulet, mon
ami, du dévoûment, du courage..
Hup! ce cheval est haut comme un
rhinocéros... Hup!... Ah! m'y voilà... Allons, mon garçon..., sois
doux... sois gentil... Atteinds ces
messieurs, mais lentement.... pas
trop vîte. Ah!.... ah!.... maudite
bête! elle s'emporte... elle prend le
mors aux dents... Ah!.... ah!....
ah!....

— Que le diable emporte le vieux
braillard, pensa Derbain, en entendant les cris du bonhomme que
le gros normand entraînait rapi-
dement de son côté; comment me
débarrasser de cette vieille bête?..
Allons.. il redescend maintenant..
mais si je m'éloigne, il sera bien-

tôt en selle... Hé! duc de Saint-
Philippe !... marquis de Vieux-
Bois !... Par ici, mes bons camarades... Un mot en particulier, s'il
vous plaît.

Les jeunes gens se réunirent et
causèrent entre eux pendant qne
Clotilde faisait caracoler son bidet autour de son père ébahi.

— Mon cher M. Poulet, dit
Derbain, qui paraissait content du
résultat de son conseil de guerre,
je suis désespéré de vous voir une
aussi désagréable monture..., si je
ne puis rien changer à votre position, je veux du moins la partager..
nous allons tous mettre pied à
terre.

— Oh ! quel malheur! dit
Clotilde qui jouissait avec toute

l'ardeur d'un enfant d'un plaisir nouveau pour elle.

— Cela vous contrarie, Mademoiselle, reprit Derbain ; eh bien ! restez à cheval ; je ferai comme vous. Ces messieurs auront la complaisance de descendre et de tenir compagnie à M. votre père.

— Comment donc, mais avec plaisir, s'écrièrent les jeunes gens, en se conformant sur-le-champ à la prière de leur ami.

— Clotilde... vous ne vous éloignerez pas, mon enfant ?

— Nous irons au pas devant vous, dit Derbain.

— A la bonne heure.

— Comme M. le Vicomte est honnête ! pensait M. Poulet qui marchait en tirant son cheval par la bride, pendant que les deux complices de Derbain se tenaient derrière lui; et ses amis, hum! il n'y a que la noblesse pour la politesse et les égards!... Ma fille est tournée comme un ange sur son petit bidet.... Je m'amuse ici...... où... mais ma femme est à Passy tandis que je suis à Vincennes..... Vincennes.. Passy... mon chapeau.. le couvercle... madame Poulet... les viandes gâtées... le vin était bon... ma femme est seule... Hum! hum! hum!

La tête de M. Poulet déménageait; ses pensées se voilaient dans son cerveau, il marchait machinament, mais ses yeux ne voyaient plus, ses oreilles n'entendaient pas; il était plongé dans une de ces distractions qui amusaient tant mademoiselle Jeannette.

Le moment d'agir était venu: Derbain fit un signe à ses amis, ils s'approchèrent avec précaution. M. Grivois profitant de sa petite taille, se glissa entre M. Poulet et sa monture, saisit adroitement la bride du cheval vers le milieu de sa longueur, et la tira assez fortement pour que la pression pût ressembler à celle causée par la résistance du cheval. Après cela, Morin se glissant à son tour entre le cheval et son ami, coupa la partie de la même bride qui se trouvait derrière ce dernier au point où elle se réunissait au mors, et arrêta le gros Normand qui fut ainsi sépade son cavalier.

M. Poulet, ne se doutant de rien, marchait toujours, tirant au bout de sa bride, au lieu du cheval qui avait disparu, M. le duc de Saint-Philippe dont la petite et sardonique figure éclatait de malice et de gaité.

Derbain, tout en causant avec Clotilde, pour détourner son attention, suivait de l'œil le développement de cette scène; il donna à ses deux amis le tems de s'enfuir avec les trois chevaux, puis partant au galop dans une direction contraire, il fut suivi du même pas par le pétulant bidet de Clotilde.

Le bruit causé par ce brusque départ tira M. Poulet de ses rêveries; il aperçut les fuyards, et voulant se hâter de les rejoindre, il tira la bride à lui, mais hélas! elle offrit si peu de résistance qu'il tomba le nez sur le gazon. Au lieu du cheval qu'il voulait enfourcher, il

ne vit à sa disposition que le tronc noueux d'un chène séculaire.

Le pauvre homme croyait rêver... cette aventure tenait du prodige, de la magie... Il songea à son chapeau changé en un couvercle odorant, il vit son gros Normand métamorphosé en arbre, et il promena ses mains sur sa personne, pour s'assurer que la méchante fée qui le poursuivait ne lui avait pas joué le tour que joua Circée aux compagnons d'Ulysse.

Qand il eut bien constaté l'identité de son propre individu, il chercha les grands seigneurs, il les appela à grands cris, mais les échos de Vincennes répondaient seuls à sa voix, les deux complices ramenaient les chevaux au village, et Derbain était seul avec Clotilde dans le plus épais fourré de la forêt.

CHAPITRE II.

—

SCANDALEUX.

Il y avait une demi-heure que Derbain, galopant dans les bois, entraînait Clotilde à sa suite. La pauvre enfant, peu accoutumée à un exercice ausssi violent, commençait à éprouver moins de plaisir que de fatigue.

— Victor, arrêtons-nous, disait-elle.

Derbain feignait de ne pas l'entendre, elle le suivait donc pour ne pas demeurer en arrière, mais souvent elle tournait la tête pour chercher son père sous la feuillée; hélas! il était bien éloigné; elle ne pouvait l'apercevoir.

Derbain, rassuré par la distance et la solitude, mit pied à terre, et aida la jeune fille à descendre de son bidet.

— Vous êtes fatiguée, ma Clotilde, dit-il en lui prenant la main, asseyons-nous sous ces ombrages, la fraîcheur vous reposera.

— Mais mon père!.. Victor…où est mon père ?

— Avec mes amis. Ils savent où nous sommes ; quand ils seront fatigués de courir ils viendront nous chercher ici.

Clotilde était sans défiance ; rassurée par ces paroles, elle s'assit en souriant. Derbain se plaça auprès d'elle.

— Nous voilà seuls enfin , dit-il avec cette voix douce et ce regard caressant qui avaient déjà produit tant d'effet , si vous saviez combien j'ai désiré ce moment ! les heures sont si lentes quand on aime ! que de siècles depuis dimanche ! vous m'aimiez alors , Clotilde..... Et maintenant.... Maintenant, mademoiselle... m'aimez-vous encore un peu ?....

Clotilde ne répondit que par un regard, mais Derbain pût y lire toute la force du sentiment qui l'inspirait.

— Vous l'avez vu, coutinua-t-il, mon amour est si violent, si impétueux, qu'il a abrégé tous les délais, renversé tous les obstacles.... Dimanche je vous parlai pour la première fois; lundi j'étais votre fiancé; un mois encore et vous serez mon épouse..... Ma conduite est franche, loyale... Hélas! Clotilde, je le crains.... La vôtre ne l'est point autant.

— O mon Dieu! que dites-vous! s'écria la pauvre Clotilde, toute effrayée de ce langage.

— Je ne dis rien que de vrai. Comment avez-vous récompensé tant d'amour? par des regards que je n'ose comprendre... Par un silence que je ne puis expliquer..... Est-ce que vous ne m'aimeriez pas, Clotilde? Hélas! je dois le craindre.... Si vous m'aimiez, si vous m'aimiez seulement un peu, seriez-vous ainsi froide et muette près de moi....

— Il demande si je l'aime! s'écria Clotilde avec exaltation en levant vers le ciel ses grands yeux brillant d'une larme d'amour.

— Vous m'aimez donc?

— Si je vous aime!

— Eh bien?

—Il ne veut pas me comprendre! mon Dieu! que faut-il donc que je dise!.. si je ne vous aimais pas, Victor, vous aurais-je donc écouté si long-tems dans le bois.... Aurais-je été si heureuse en vous voyant près de ma mère.... Pleurerais-je comme je le fais quand vous doutez de mon amour.... Victor! pourquoi me parler ainsi.... C'est mal....

Vous savez si bien que je vous aime !...

Derbain la regardait avec ivresse, il l'écoutait avec transport. Cet amour candide et vrai... Ce langage simple et touchant... Cette jeune vierge, belle comme les anges et pure comme eux.... Tout cela était si loin de tout ce qu'il avait vu, de tout ce qu'il avait entendu jusqu'alors.... si supérieur même à ses rêves les plus exaltés, qu'il sentait au dedans de lui des mouvemens inconnus, des émotions délirantes d'un sentiment passionné mais doux ; et quelque chose de ravissant, de divin pénétrait les profondeurs de son âme et l'enivrait de sensations plus vives que tout ce qu'il avait éprouvé jusqu'alors... L'amour épuré, l'amour vrai, l'a—

mour des cœurs honnêtes naissait
en lui, tout prêt à l'inonder de ses
délices, délices qui ne coûtent pas
un remords... Heureux, trop heureux s'il ne l'avait pas repoussé!

Mais, hélas! il n'était pas homme
à s'abandonner long-tems à des
sentimens de cette nature! ce qu'il
éprouvait était plus voluptueux
que la volupté elle-même, mais
c'était de la volupté qu'il voulait.
Il s'était dit : *Je posséderai*, et il ne
voulait pas voir qu'avec un amour
comme celui qu'il commençait à res-
sentir, un regard, un sourire, un
serrement de main sont plus fé-
conds en plaisirs vrais que les plus
secrètes caresses des femmes qu'il
avait fréquentées jusqu'alors.

D'ailleurs, pouvait-il s'abandonner à des sentimens honnêtes quand

T. 3   2

il avait pour confidens et pour complices des amis comme les siens; des hommes corrompus comme lui, auxquels il serait obligé de répondre : *je l'ai respectée*, et qui hausseraient les épaules en disant tout haut : *c'est un niais!*

Est-ce qu'il n'est pas très-raisonnable, en effet, de sacrifier son bonheur à l'opinion de gens aussi estimables que l'étaient ses amis de débauche!.... Oh! Derbain était amplement doué de cette raison là... Il avait dans le monde la réputation d'un roué; il s'en faisait gloire; il voulait la conserver. Clotilde était là, seule, sans défense, en son pouvoir; il avait rusé pour l'y conduire; il fallait qu'il recueillît le fruit de ses travaux.

— Tu m'aimes donc, ma Clotilde! continua-t-il en entourant d'un bras hardi la taille de la jeune fille. Ta bouche me le dit du moins, tes regards me le confirment; mais tes manières, ô ma bien-aimée! trahissent de la gêne, de la froideur peut-être.... Clotilde! une femme qui a dit : *je t'aime*... ne s'appartient plus. Par ces trois mots, elle s'est donnée tout entière... Clotilde! qu'as-tu fait pour te livrer à moi?... Ton amour, que tu me dis si vrai, si profond... Ton amour ne consiste encore qu'en paroles....

Clotilde ouvrait des grands yeux; elle ne comprenait pas.

— Pourquoi cette réserve avec l'homme qui t'adore, avec l'heureux mortel qui sera bientôt ton époux? Ta main est dans les miennes, on dirait qu'elle tremble d'y rester, qu'elle brûle d'en sortir.... Clotilde! je t'appartiens tout entier.. Pourquoi ton amour est il moins généreux que le mien?.... Hélas! la réponse est facile.... C'est moi qui aime le mieux.

— Ne parlez pas ainsi, Victor! oh! si vous saviez ce que je ressens près de vous..... Je croyais aimer ma mère, ma sœur... Hélas! j'étais une mauvaise sœur, une mauvaise fille sans doute; car je sens bien maintenant que je les aimais peu.... Aimer!... Aimer! mon Victor... Il fallait vous connaître pour sentir toute la force de ce mot là.

— Ange du ciel! s'écria Derbain, et il attira Clotilde sur sa poitrine, il entoura son cou de ses bras, et il parsema de baisers sa tête

fraîche et gracieuse, ses joues pote-
lées, ses lèvres roses comme un
bouquet de cerises.

Ces caresses étaient douces à recevoir; cependant elles effrayaient
Clotilde. Elle fit un mouvement
pour s'en défendre; Derbain la repoussa froidement.

— Vous voyez bien que vous ne
m'aimez pas; lui dit-il.

— Méchant! répondit-elle en se
jetant elle-même sur son sein.

— Pourquoi donc me repoussais-
tu? Clotilde... Est-ce que les caresses
d'un bien-aimé te faisaient peur?

— Oui.... et pourtant.... pourtant.... La jeune fille, épouvantée
de ce qu'elle allait dire, cacha sa
jolie tête dans la poitrine de Derbain, et n'acheva pas sa pensée.

— Tu es une enfant, Clotilde...

aimer est chose sérieuse , vois-tu...
Tu pouvais me refuser ton amour,
tu pouvais m'aimer sans me le dire;
mais puisque tu m'aimes , puisque
tu me l'as dit , tu m'appartiens ,
Clotilde.. Tes caresses sont à moi..
tu ne peux me les refuser sans in-
justice

— O bien-aimée , continua-t-il
en l'attirant sur ses genoux, ta
conduite est cruelle envers moi, qui
t'aime tant... Lève donc ces grands
yeux si doux à voir... Cette bouche
est à moi; c'est la bouche de ma
bien-aimé... Pourquoi fuit - elle
mes lèvres? Oh! viens.... viens....
ma Clotilde... un baiser est le gage
d'amour le plus saint... Est-ce que
tu me refuseras ce gage?

Les joues de la pauvre petite
étaient couvertes de rougeur; ses

grands yeux étaient pudiquement baissés ; les battemens de son cœur étaient si précipités, si rapides, qu'on aurait pu les compter sur son corset ; il était facile de juger qu'un grand combat se livrait dans son âme ; qu'il y avait lutte, lutte violente et pénible entre la pudeur et l'amour, entre un désir naissant de jeune fille et une conscience de vierge.

Mais elle était dans une position désavantageuse à la défense ; sa chaste ignorance était un ennemi de plus. Ne connaissant pas le danger, elle l'affrontait au lieu de le fuir. Avec un peu plus d'expérience, elle n'eût pas cru que l'aveu d'un amour sanctionné par des parens, mît une femme dans la dépendance de celui qui l'avait reçu, et qu'il lui fût interdit de défendre sa personne, parce qu'elle avait donné son cœur. Mais elle ignorait tout. L'amour n'était pour elle qu'une suite de conversations charmantes, un échange de caresses, plus vives peut-être, mais aussi chastes que celles d'une sœur à sa sœur. Son défaut de savoir la soumettait aux paroles de Derbain, qu'elle n'eût osé soupçonner d'imposture. Aussi, jetant ses deux bras potelés autour du cou du jeune homme, elle présenta d'elle-même ses lèvres à ses lèvres, demandant ainsi ce baiser qu'elle n'avait pas, disait-on, le droit de refuser.

Hélas! il fut de flamme pour la pauvre et naïve enfant; il fut de glace pour Derbain, car il le sentit empoisonné par les remords. Tant de confiance et d'amour, tant d'innocence et d'abandon étaient pour lui des prodiges. Au moment de corrompre à jamais tant de qualités précieuses, sur le point de souiller pour toujours la jolie enfant qui se livrait ingénuement à ses caresses, son crime se dressait devant lui dans toute son horreur ; il hésitait, il pâlissait, il ne se trouvait plus d'énergie ni pour se soustraire à une mauvaise action par la fuite, ni pour terminer avec audace l'entreprise qu'il avait conduite aussi loin.

Clotilde remarqua son agitation ; elle fut effrayée de son silence, alarmée de sa pâleur. Il était si animé tout-à-l'heure ! qui pouvait ainsi le refroidir tout-à-coup ? Ah ! pensa-t-elle, il est mécontent de moi, sans doute.... Ce baiser qu'il demandait avec tant d'instances, ce baiser, il l'a trouvé trop froid... il croit encore que je ne l'aime pas....

Et, pour dissiper ses doutes, la pauvre petite l'étreignait dans ses bras, le serrait sur sa poitrine, et, de ses petites lèvres, cherchait encore celles du bien-aimé.

— Malédiction! dit Derbain, le ciel le veut donc! Eh bien! soit.... qu'elle succombe!

Et d'un mouvement rapide il l'enlaça comme un serpent, et il la couvrit toute entière de frénétiques baisers. La sagesse était envolée, le repentir était mort, il n'y avait plus que de la passion, du délire, de la fureur.

Tous deux étaient tombés sur le

gazon; il n'y avait plus qu'une barrière à franchir et Clotilde était perdue.

La malheureuse sentait son cœur se serrer, ses yeux se mouiller de larmes. Les caresses de Derbain n'étaient plus les mêmes; la nature de ses sensations venait de changer. Il y a dans un baiser un attrait qui subjugue; il y avait dans les libertés de Derbain en ce moment quelque chose de répulsif pour la chaste Clotilde. Sa pudeur s'éveillait farouche, sa voix étouffait celle de l'amour : Clotide commençait à deviner; elle voulait se défendre,

Mais que pouvait-elle faire, elle, pauvre enfant, mignonne et délicate? Que pouvaient ses membres frêles contre les muscles de fer d'un homme hors de lui-même, contre

la force brutale d'un satyre en fureur !

— Victor ! Victor ! criait-elle en
sanglotant, grâce.... grâce, Victor !.... finissez.... je le veux.... je
vous l'ordonne....

Elle n'obtint pour réponse qu'un
convulsif éclat de rire.

— Papa ! papa !... criait-elle
d'une voix renforcée par la terreur,
et elle se débattait de toutes ses
forces, et elle repoussait de ses deux
mains l'assaillant, que ces faibles
obstacles irritaient et n'arrêtaient
pas.

Brisée de fatigue, épuisée par
ses efforts, contenue par les membres vigoureux de Derbain, elle ne
pouvait plus remuer. Ses prières,
ses larmes étaient maintenant sa
seule défense. Mais Derbain n'en

était pas touché, peut-être même ne les remarquait-il pas...

Mais soudain une voix dure retentit auprès de lui ; une main nerveuse se pose sur ses épaules, et d'un mouvement vigoureux et rapide le soulève de terre et le place debout sur ses pieds.

— Malheureux !.... un viol !.... s'écria Maurin, dont les yeux flamboyaient.

Derbain, furieux de cette brusque intervention, leva sur son ami un front courroucé et menaçant ; mais bientôt sa conscience s'éleva contre lui-même ; il rougit d'avoir été surpris essayant le plus lâche des crimes ; sa bouche, entr'ouverte pour articuler des phrases hostiles, balbutia quelques mots qu'on n'entendit pas.

— Victor, dit Maurin d'une voix mâle et bien accentuée, je sers mes amis dans leurs amourettes ; je ne serai jamais le complice de leurs attentats.... J'avais cru, sur votre parole, que Clotilde était une femme facile... je travaillais à vous réunir ; elle est sage... je ne la quitterai plus qu'elle ne soit près de son père.

— Maurin, cette conduite...

— Est celle d'un homme d'honneur, Monsieur... Heureux ceux qui peuvent parler ainsi dans la sincérité de leur âme. Au surplus, Victor, demain vous me remercierez de ce que je fais maintenant.

En achevant cette phrase, Maurin fit quelques pas pour se rapprocher de Clotilde ; Derbain, désolé de voir sa proie hors de ses atteintes, suivit ce mouvement du regard ; mais les deux jeunes gens poussèrent un même cri. Clotilde avait disparu.

Malédiction ! s'écria Derbain..., elle s'est enfuie.... si elle revoit sa mère avant que je lui aie parlé elle m'échappe pour jamais.., et s'élançant sur son cheval il se mit à courir après la pauvre fugitive, tandis que Maurin, à pied, faisait de vains efforts pour le suivre.

La course de Derbain était rapide, cependant il fouillait du regard, toutes les profondeurs de la forêt, la jeune fille avait peu d'avance, elle ne pouvait être loin, il la rejoindrait sans doute ; mais il fallait pour cela ne pas prendre une fausse direction, et cela n'était pas facile, puisque rien n'indi-

quait de quel côté elle avait porté
ses pas.

Une demi-heure s'écoula, il n'a-
vait rien aperçu ; la forêt était dé-
serte, personne ne pouvait lui donner d'indications ; la nuit appro-
chait ; il blasphémait de tout son
cœur.

Chaque pas diminuait ses espérances ; il aurait probablement at-
teint Clotilde, pensait-il, s'il ne
l'eût pas cherchée dans une fausse
direction. Il apercevait déjà, dans
le lointain, les lumières qui par-
taient du village de Vincennes ;
c'était là que devaient finir des
recherches inutiles, alors tout serait perdu pour lui.

Au moment de sortir de la forêt
un cri aigu vient retentir à son
oreille ; il dirige son cheval vers le

point d'où il partait, et il aper-
çoit en frémissant les plis ondoyans
d'une robe blanche qui se dessi-
ne dans l'obscurité. Un second
cri, un cri plaintif et déchirant se
fait entendre encore et son cœur se
contracte dans sa poitrine, une
sueur froide coule de son front....

C'était la voix de Clotilde.

CHAPITRE III.

UN MONOLOGUE.

PENDANT les scènes qui remplissent les deux chapitres précédens, M. Poulet, privé de son cheval qui avait disparu sans qu'il put deviner comment, separé par des événemens incompréhensibles de sa fille qu'il ne voulait pas cependant perdre de vue, errait dans la forêt , cherchant partout, même sur les arbres , son gros cheval normand.

Il éprouva d'abord plus d'étonnement que d'inquiétude. M. le Vicomte d'Arancourt lui avait promis de ne pas s'éloigner, il s'attendait à le voir reparaître à chaque instant.

Mais quand il vit le tems s'écouler sans ramener personne, quand il eut fait retentir les bois de ses cris sans obtenir de réponse , il songea à la situation de sa fille restée seule au milieu de jeunes gens qu'il connaissait à peine , il rumina son texte ordinaire : la fragilité des femelles; il proféra des *tonnerre !* il se frappa la tête du poing, et il se mit à courir de tous côtés en hurlant le nom de Clotilde.

Tout cela ne produisit qu'un résultat : de la fatigue.

— O mon Dieu, disait-il avec désespoir, que dira ma femme, quand je reviendrai chez moi sans Clotilde! maudite enfant! me quitter ainsi! elle si soumise, si timide, si douce... bah! elle a seize ans... voilà l'influence du sexe qui commence, l'instinct du cotillon qui se révèle.... elle quitte son vieux père pour courir après le premier mâle qui fait la roue pour paraître beau.

— C'est bien vilain de la part de M. le Vicomte! ajoutait-il; un homme aussi noble se comporter ainsi.... c'est atroce!... que diable! Je la lui donnais ma fille..., est-ce qu'il ne pouvait pas attendre quel-

ques jours....un seigneur pressé
comme cela..., c'est canaille ! Eh !
M. le vicomte d'Arancourt, Eh !
Clotilde.... Eh!... Eh!... Eh!...

Ces cris, quelques aigus qu'ils fus-
sent, ne produisaient pas plus d'effet que les réflexions saugrenues
qui les accompagnaient ; alors il
recommença sa course dans le bois,
il courut à droite, à gauche, au
hasard et bientôt, épuisé de fatigue,
il se laissa tomber au pied d'un
chêne.

— Hélas! hélas! que dira ma
femme ? répétait-il. Hélas! hélas!
que sera Clotilde quand elle reviendra ?... O! Le ciel m'a bien puni
quand il m'a donné des filles ; malédiction sur le sexe, sur le sexe tout
entier.... Je parle de ma femme.... .

Qu'est-ce qu'elle fait maintenant à Passy?... qui sait?.. ce que sa fille fait ici peut-être... Oh! les femelles! les femelles! Jacques Ier, roi d'Angleterre, avait bien raison quand il disait que la guerre est dans l'état ce que sont les femmes dans le ménage; un mal quelquefois nécessaire, mais qu'il faut éviter tant qu'on peut... Clotilde!.. Clotilde!.. eh! eh! eh! Ah bien oui! elle s'amuse trop pour me répondre... qui sait à quel jeu encore?.. Oh! que Platon avait bien raison quand il disait que la femme pouvait être mise au rang des animaux irraisonnables... Eh! M. le vicomte d'Arancourt, Eh! eh! eh!.. rien... rien... Personne; que je suis bête d'avoir fait des enfans à ma femme... je vous demande un peu quel beau plaisir. Oh! que c'était un digne homme que cet empereur Zénon, qui ne coucha qu'une seule fois avec madame son épouse, et encore seulement parce qu'il s'y crut obligé par civilité... j'ai été civil trop souvent... ça m'a perdu. Eh! Clotilde, eh! vicomte d'Arancourt, eh! eh! eh!..

Puis le pauvre M. Poulet se penchait vers la terre et ouvrait de grandes oreilles pour mieux entendre le pas des chevaux. Peine perdue; la nuit venait, tout était silencieux, et il se roulait de désespoir sur le gazon, et il arrachait, dans sa fureur, les poils frisés de sa magnifique perruque.

Enfin, il entendit un bruit léger dans les broussailles et il se leva comme un fantôme. Une femme se

dirigeait en courant de son côté ;
elle était vêtue de blanc, mais elle
était à pied : ce ne pouvait être sa
fille. Il voulut cependant lui parler, car il pourrait se faire qu'elle
eût rencontré celle qu'il cherchait.

— St, st, st, cria-t-il, eh! pou-
lette... mon petit cœur... je veux
vous dire quelque chose... deux petits mots, s'il vous plait.

La femme inconnue passa comme
un trait sans répondre. M. Poulet
était obstiné ; il attachait un grand
prix aux renseignemens qu'elle
pouvait lui donner, il s'élança
comme un vautour, et saisit rude-
ment par les épaules la femme fugitive qui se mit à pousser des cris
perçans.

C'étaient les cris que Derbain
avait entendus; ce hasard réunissait

trois de nos personnages. C'était Clotilde qu'avait saisie M. Poulet, c'était elle qui, dans la rapidité de sa course, n'avait pas reconnu la voix de son père et criait, épouvantée.

M. Poulet jura, tonna, tempêta ; c'était naturel. Clotilde pleura et se tut ; c'était ce qu'elle avait de mieux à faire. Derbain fit un mensonge ; c'était là où il excellait. Ce dernier moyen réussit. M. Poulet qui n'aurait pas osé douter de la véracité d'un gentilhomme, se frotta les mains d'un air satisfait. Il avait retrouvé sa fille; sa femme n'aurait plus rien à lui reprocher. Son gendre futur était trop respectueux, d'ailleurs, pour avoir manqué de respect à sa fiancée... Il oublia donc, comme baga-

telle de peu d'importance les acci-
dens de la journée, il sourit de plus
belle au noble vicomte qui serait
son gendre, il aida sa fille à remonter sur son bidet qui avait suivi
de lui-même la monture de Derbain, et il suivit à pied jusqu'à
Vincennes.

Le trajet était court, il fut silencieux. Derbain se taisait par sys-
tème; il méditait sur ce qu'il avait
à faire, et il était bien aise de montrer à Clotilde du mécontentement,
de la froideur.

Arrivé à Vincennes, il s'approcha de M. Poulet :

— La soirée est magnifique,
nous retournerons à Paris sur nos
chevaux, qu'en pensez-vous ?

M. Poulet frissonna.

— Bah! ma monture est à tous les diables.

— Elle est revenue dans son écurie après avoir cassé sa bride.

— J'aime mieux prendre une voiture.

—Comme il vous plaira... mademoiselle Clotilde et moi vous accompagnerons à cheval.

— Non pas , s'il vous plait , M. le vicomte... je suis décidé à ne plus perdre ma fille de vue.

— Nous ne quitterons pas la portière.

— Vous le promettez...

— Foi de gentilhomme !

— Me voilà convaincu... faites comme il vous plaira.

Une demi-heure après, M. Poulet était étendu dans un fiacre; Clotilde et Derbain chevauchaient à une vingtaine de pas devant lui.

La pauvre petite avait le cœur bien gros; des larmes roulaient dans ses yeux, de profonds soupirs sortaient de sa poitrine. Elle se sentait offensée par l'homme qu'elle adorait, et elle le voyait, cet homme coupable, marcher froidement auprès d'elle, sans chercher à excuser sa conduite par quelques paroles, sans demander pardon au moins par un regard.

Etait-ce donc là, mon Dieu! cet amour qui lui promettait tant de bonheur! Que penser des protestations de respect d'un fiancé qui, dès la seconde entrevue, se permettait des outrages, des outrages qu'il ne voulait pas réparer!

Derbain, à la faveur des réverbères de la route, regardait au loin s'il n'apercevait pas Maurin, puis rassuré à cet égard, il observait sur la figure expressive de la jeune fille les sensations dont elle, était tourmentée. Il devina l'amour sous un reste de ressentiment, il prévit un triomphe prochain, et il s'approcha pour en accélérer le moment.

— Mademoiselle, dit-il en laissant échapper lentement chacun de ses mots pour leur donner plus d'importance, mademoiselle, j'ai cherché à éloigner votre père afin de pouvoir vous adresser sans témoin mes derniers adieux.

— Vos derniers adieux ! s'écria Clotilde avec un accent qui trahissait sa surprise et sa douleur.

— Oui, mademoiselle, je vais m'éloigner de vous... Vous êtes trop dangereuse à mon repos... Mon amour était aussi pur que durable; je le croyais partagé; j'étais heureux... Maintenant que votre conduite inconcevable a détruit mon bonheur avec ma dernière illusion, maintenant que je sais que vous êtes aussi froide que belle , que vous ne m'aimez pas, que vous nourrissez contre moi une défiance injurieuse, m'obstiner à vous plaire serait lâcheté , serait folie.... Cette séparation est cruelle... Mais j'ai de l'énergie , mademoiselle ! vous n'aurez plus besoin de fuir pour m'éviter.... Vous ne me reverrez jamais....

Cette brusque déclaration désespérait la pauvre Clotilde. Victor la quitter ! l'abandonner ! elle l'avait donc gravement offensé.... Elle l'a-

vait donc blessé dans son amour!...
Qu'avait-elle fait cependant? elle
s'était défendue contre des attaques
qui lui semblaient outrageantes,
elle avait fui devant un danger que
lui révélait son cœur.... Aurait-elle
eu tort d'agir ainsi? cette défiance,
cette fuite étaient-ils donc des af-
fronts pour Derbain? il fallait bien
qu'il en fût ainsi, puisqu'il ne ne
voulait plus l'aimer, puisqu'il ne
voulait plus la revoir! Elle avait
cru d'abord que Victor seul avait
mérité des reproches; mais puisqu'elle s'était trompée, puisque,
sans le savoir, elle s'était rendue
coupable envers lui, elle subirait
les conséquences de sa faute, elle
demanderait pardon, elle s'humi-
lierait: sa mère lui avait appris dès
son enfance qu'il est noble et beau

de reconnaître et de réparer ses torts.

Elle tendit donc sa jolie petite main en signe de réconciliation. Derbain n'avança pas la sienne pour la recevoir.

— Je vous remercie de votre pitié dit-il avec amertume, mais vous m'aviez promis mieux que cela.

— Victor! mon Victor! pardon! s'écria-t-elle.

— Pauvre enfant! pensa ce dernier en entendant ces paroles, que d'innocence et de candeur!... Est-ce qu'il n'y a pas trop d'infamie dans le projet calculé de la séduire!.... Bah! si ce n'était pas moi, un autre, moins scrupuleux, prendrait ma place, réussirait et se moquerait de moi!...

Il continua à haute voix.

— Vous reconnaissez donc que
vous vous êtes conduite d'une ma-
nière injurieuse à mon amour?

— Non, Victor, mon cœur ne
me reproche rien, mais vous m'accusez, il faut bien que je sois coupable... Soyez sûr, Victor, que
mes torts, quels qu'ils soient, sont
involontaires. Les reproches d'une
personne aimée sont trop cruels !
je ne les mériterai jamais.

—Quoi ! Clotilde !.. vous repous-
sez les caresses d'un homme auquel
vous vous êtes librement donnée...
Vous le fuyez pour vous soustraire
aux témoignages de son amour...
Vous mettez vos actions en contra-
diction continuelle avec les douces
paroles qui m'ont si cruellement
trompé..., et puis vous ne devinez
pas pourquoi je suis offensé et vous

n'éprouvez pas de repentir! Clotilde! tout cela est bien mal de
votre part!

— Mais, Victor, Victor! ces caresses....

— Etaient celles d'un amant aimé.
Je vous le repète, Clotilde, par
l'aveu que vous m'avez fait de votre
amour, vous vous êtes donnée à
moi tout entière. Vos caresses sont
mon bien, ma propriété, ma chose;
me les refuser c'est rétracter vos
paroles; c'est me dire : je vous ai
menti... Je vous ai dit que je vous
aimais, mais je ne vous aime pas,
je ne veux pas vous aimer....

Maintenant Clotilde se taisait.
Elle n'élevait aucun doute sur la
véracité de son amant, cependant
quelque chose en elle s'élevait contre les maximes qu'elle entendait.

débiter ; elle n'osait ni les combattre ni les approuver formelle-
ment.

— Je vois, continua Derbain,
que mes discours vous paraissent de
trop peu d'importance pour méri-
ter une réponse....

— Oh ! ne le croyez pas, Victor !
s'écria-t-elle, je suis une enfant
sans expérience ; mes intentions sont
bonnes, mais mon ignorance peut
m'égarer... Je vous aime, mon Victor... Oui, je vous aime... Éclairez
moi doucement... Soyez bon comme
vous êtes aimable... Ne vous fâchez
pas ainsi de mes fautes.. Votre colère me fait trop de mal !

— Vous serez donc plus raisonnable à notre première entrevue ?

— Est-ce que je pourrais me dé-
cider à vous déplaire ! répondit

Clotilde sans songer à l'engagement qu'elle prenait.

— Merci! merci! ma Clotilde! enfin te voilà telle que je te rêvais..., telle que je t'aimais... Oh! je t'aimerai toujours, ma Clotilde!

La pauvre petite pleurait de bonheur à ces caressantes paroles.

— Encore un mot, Clotilde... Il faut que vous me promettiez de ne pas parler à votre mère de tout ce qui s'est passé entre nous.

— Comment, Victor! que voulez-vous dire? Ma mère vous aime aussi, elle. .; elle veut que vous soyez mon mari... Pourquoi donc lui cacher quelque chose?

— Je le vois bien, ma Clotilde, vous vous soumettez à mon opinion sans être convaincue qu'elle est bonne .. Vous expliqueriez mal la situa-

tion dans la quelle nous nous trou-
vons placés. Je vous en prie donc,
ma bien-aimée, taisez vous pendant
quelque tems. Bientôt j'aurai
trouvé les moyens de causer avec
vous sans témoins ; alors vous com-
prendrez mieux ce que c'est que
l'amour, ce que c'est que mon
cœur, et vous pourrez parler à votre
mère, si vous le jugez convenable.
Ma Clotilde, tu es si bonne, si
douce, si tendrement chérie!....
Promets-moi de faire ce que je te
demande.

— Comment pourrais-je te refuser, Victor ? je t'obéirai comme
une épouse soumise.

— Jure le donc, ma Clotilde.

— Le ciel m'est témoin que tout
ce qui s'est passé aujourd'hui res-

tera caché dans le fond de mon cœur.

— Tout est sauvé! pensa Derbain en s'arrêtant dans la rue de Verneuil où l'on était arrivé. Maurin seul pouvait me gêner; il a perdu mes traces, et demain je l'adoucirai par des mensonges. Encore quelques jours et je posséderai Clotilde....

—

CHAPITRE IV.

COMME QUOI M. POULET PREND UNE FEMME NUE POUR UN VICOMTE.

MADAME Poulet, de retour de Passy depuis long-tems, attendait avec angoisses le retour de sa fille bien-aimée.

Elle accueillit fort mal son mari. Il était insensé à lui, disait-elle, de conduire une jeune personne au milieu de trois jeunes gens ; il était absurde surtout de faire des parties de campagne avec un homme qui se présentait comme un gendre, il est vrai, mais qu'on ne connaissait encore que par ce qu'il avait bien voulu dire sur sa personne, et qui pouvait après tout n'être qu'un imposteur et un aventurier.

M. Poulet, de son côté, trouvait cette supposition stupide.

—Un aventurier! s'écriait-il, que les femmes sont bêtes! un vicomte un aventurier..., c'est trop drôle !

— Cela s'est vu, Monsieur; mais, d'ailleurs, qui vous dit qu'il soit Vicomte.

— Lui, Madame.

— Excellente raison pour n'en pas douter..., vous n'avez donc pas fait ce que vous aviez promis ?..

Vous n'avez donc pas pris des informations dans son quartier?

— A quoi bon! répondait le pauvre M. Poulet qui ne se dissimulait pas qu'il avait eu tort, mais qui ne voulait pas en convenir, ce jeune homme est si noble, si franc, si généreux....

— Vous voulez donc donner votre fille à un inconnu sur sa parole?

—Non, Madame, non, assurément, mais...

— Allons, Monsieur, vous réparerez votre négligence; il faut que vous alliez demain matin chercher des renseignemens.

—Voyez donc ce ton impérieux! est-ce que j'ai besoin de vos ordres, femelle..? Pourtant je ferai ce que vous me dites... non pas parce que

3   3 *

vous me le dites, mais quoique vous me le disiez et parce que cela me convient... Adieu, Madame la vicomtesse... bonne nuit, Ursule... venez dormir, mon épouse.

Et tout le monde alla se coucher.

Le lendemain, fidèle à sa résolution, M. Poulet se dirigea de grand matin vers la rue de Richelieu.

— Mon ami, dit-il au concierge de l'hôtel où il avait déjeûné la veille, M. le vicomte d'Arancourt est-il visible ?

— Connais pas.

— Le vicomte d'Arancourt ?

— Connais pas, je vous dis.

— Vielle bête ! il est saoul avant d'être éveillé, pensa M. Poulet, et il se dirigea, sans plus de questions, vers l'appartement où il avait été reçu par M. le Vicomte.

L'anti-chambre était ouverte; M. Poulet se sentit d'humeur aventureuse. Il se glissa sans frapper dans la chambre à coucher. Les rideaux étaient scrupuleusement fermés, un demi-jour mystérieux régnait dans l'appartement.

—Paresseux! pensa le facétieux bonnetier, il n'est pas encore levé, je vais lui apprendre, moi, à dormir aussi tard...

Et pour lui donner une leçon d'activité, il saisit familièrement la couverture et la ramena d'un rapide mouvement, sur les talons de la personne qui dormait.

Mais au lieu de rire comme il en avait le projet, il demeura tout

ébahi ; il avait sous les yeux le
corps potelé d'une femelle.

– – Au secours ! à l'assassin ! au
viol! s'écria une femme inconnue ,
qui réveillée en sursaut, se voyait
toute nue devant un homme...,
et un homme vieux et laid encore !....

— Pardon , pardon! je vous pre-
nais... je croyais... je... je... Est-
ce que , par hasard , vous ne seriez
pas le vicomte d'Arancourt! s'écria
M. Poulet, quoi qu'il eut sous les
yeux des pièces qui prouvaient
clairement que la personne couchée
n'était pas un vicomte.

La dame interpellée répondit
par des cris plus aigus que les premiers. Plusieurs domestiques accoururent ; ils enlevèrent M. Poulet comme une plume, mais non

sans lui administrer quelques-unes de ces chiquenaudes qu'avec de la bonne volonté on peut nommer des coups de poings.

— Messieurs, messieurs, criait le pauvre homme, ayez donc plus de dignité dans vos manières.,. je demande le vicomte d'Arancourt.

— Il n'y a pas dans l'hôtel de vicomte d'Arancourt.

— C'est un filou! c'est un filou! à la porte le filou....

— Je vous dis que je demande M. d'Arancourt... Oh! oh!

— A la porte! à la porte!

— Non... non... chez le commissaire... chez le commissaire....

Cette dernière proposition fut accueillie à l'unanimité; on se disposait à traîner M. Poulet au bureau de police, quand un laquais interposa son autorité.

— Doucement! dit-il, ce monsieur peut être fort honnête homme. Il y a dans la maison un M. d'Arancourt; c'est un nouveau venu.

— Ce n'est pas une raison pour chercher sous la couverture d'une femme si elle a tout ce qu'il faut pour faire un vicomte.

— Cet homme a pu se tromper. Conduisons le chez M. d'Arancourt... il loge au n° 9.

— Oui... oui... chez M. d'Arancourt, cria la foule en rumeur, et trois grands gaillards poussèrent M. Poulet dans un appartement, et restèrent en faction dans l'antichambre.

— C'est ici chez M. d'Arancourt, dirent-ils.

— Corbleu! pensait M. Poulet, en entrant avec assurance, j'ai du guignon ces jours-ci... Monsieur le vicomte est difficile à trouver... Ah! enfin... le voilà en robe de chambre... Eh! bonjour, mon jeune ami... comment vous portez-vous?

— Que me voulez-vous, Monsieur? demanda une voix sonore qui n'était pas celle de Derbain.

M. Poulet songea au guignon qui le poursuivait; il fit un saut en arrière et resta tout ébahi.

La personne qui venait de parler était un homme d'une cinquantaine d'années; ses traits étaient réguliers, mais pâles, défigurés par des rides fortement empreintes sur ses joues et sur son front. Sa taille était haute, mais d'une maigreur rendue plus apparente par les larges plis d'une robe de chambre, dans laquelle il paraissait flotter.

— Que me voulez-vous? répéta ce personnage en faisant quelques pas du côté de M. Poulet.

— Encore un quiproquo! encore un guignon! murmurait ce dernier; tonnerre! je voudrais bien savoir quand ces farces-là finiront!...

— Monsieur, ajouta-t-il tout haut, je croyais trouver ici M. d'Arancourt.

— C'est moi, Monsieur.

— Bah! fit M. Poulet dans le plus grand étonnement. Comme vous avez vieilli dans une nuit!... Mais non... je suis bête! vous êtes sans doute un parent de M. le vicomte d'Arancourt?

— Je suis roturier, Monsieur, et n'ai point de vicomte dans ma famille.

— Alors je me suis trompé... c'est drôle cependant!... J'ai déjeuné hier, dans cet hôtel, avec M. le vicomte d'Arancourt, qui y loge, et aujourd'hui je ne peux pas l'y trouver;.. il faut bien que je le voye cependant, car s'il est reçu chez moi comme un gendre, je dois prendre des informations.

— Prenez garde, Monsieur, dit le nouveau d'Arancourt, il y a dans Paris bien des étourdis, bien des libertins qui se font un jeu de l'honneur des familles...

— Mon vicomte n'est pas de ces gens-là.

— Vous le connaissez depuis long-tems?

— Depuis quatre ou cinq jours ; mais, bah ! à un homme de jugement, cela suffit.

— Quel âge a votre fille? demanda l'étranger en haussant les épaules.

— Seize ans.

— Malheureux! un enfant de seize ans! une jeune fille ingénue, sans doute!.... et vous la livrez aux regards, aux entreprises d'un homme que vous ne connaissez pas !... d'un homme qui paraît s'être glissé chez vous sous un faux nom.... insensé! vous ne savez donc pas ce que c'est que la douleur qui ronge le cœur du père imprudent qui a contribué au déshonneur de son enfant !... Ah !

Monsieur... si vous saviez aussi ce
qu'il y a de poignant, d'horrible,
dans le remords qui s'empare de
l'homme qui, égaré par la jeunesse et le tempérament, se livre
au vice sans cesser d'aimer la vertu!... Si vous connaissiez les atro-
ces tortures qu'il éprouve quand il
a séduit, déshonoré, perdu une
jeune fille qu'il aimait... quand il
voit toute la noirceur de son crime,
sans pouvoir rien faire pour le réparer!... O Monsieur... Monsieur!
si vous connaissiez tout cela, vous
seriez plus prudent, sinon par intérêt pour votre fille, du moins par
pitié pour son séducteur....

— Qu'entendez-vous par ces paroles! s'écria M. Poulet, tout bou-
leversé par la seule supposition de
la séduction de sa fille; je suis hon-

nète homme, Monsieur... Clotilde est sage... elle ne souffrirait pas qu'on voulût la séduire... entendez-vous!... pourtant!... pourtant! c'est une femelle... ajouta-t-il à demi-voix.

— Je puis me tromper, Monsieur; mais puisque le jeune homme dont vous parlez habite cet hôtel, il est facile de nous éclaircir sur - le-champ.

L'étranger tira le cordon d'une sonnette.

Au bout de quelques instans le maître de l'hôtel se présenta cha-peau bas.

— Connaissez-vous le vicomte d'Arancourt? demanda l'étranger.

— Un jeune homme qui prenait ce nom m'a loué un appartement garni pour vingt-quatre heures. Il y a reçu plusieurs personnes et m'a généreusement payé.

— Vous ne savez rien de plus sur son compte?

— Non, Monsieur.

— Eh bien! père imprudent! commencez-vous à comprendre!

M. Poulet baissa la tête et ne répondit rien.

— De pareilles manœuvres doivent être déjouées, continua le vieux M. d'Arancourt; donnez-moi le signalement de ce jeune homme.

— C'est un grand et beau garçon... yeux noirs... menton à fossette... barbe en collier... nez aquilin... joues pleines... figure ovale.. Il a une cicatrice au de-sus du sourcil droit.

— Une cicatrice au-dessus du sourcil droit! En êtes-vous bien sûr? demanda vivement l'étranger·

— Dans mon état on est exposé à recevoir beaucoup de personnes suspectes ; j'ai pour habitude d'examiner avec soin toutes les physionomies qui me sont inconnues. Les détails que je viens de vous donner sont exacts.

— Une cicatrice au-dessus du sourcil droit! répéta M. d'Arancourt en se promenant avec agitation. Est-ce que ce serait lui... est-ce que malgré mes instructions, mes conseils... mes ordres... Oh! non.. non.. cela n'est pas possible...

— Est-ce que Monsieur croirait reconnaître quelqu'un à ce signalement?

— Oui... mais je me trompe, sans doute... mes suppositions sont trop peu vraisemblables...

— Ce jeune homme a écrit son nom sur mon registre, comme doivent le faire toutes personnes que je loge, continua le maître d'hôtel.

— Vite!... vite! dépêchez-vous.. montrez-moi ce registre...

— Anathême sur lui! dit l'étranger en se laissant tomber avec accablement dans un fauteuil; je ne me trompais pas... voilà bien son écriture... c'est mon neveu!..

— Votre neveu! s'écria M. Poulet! il n'est donc pas vicomte?

— C'est l'enfant de ma sœur, Monsieur; je le croyais sage, studieux, rangé. Cette conviction me rendait heureux dans ma province; lorsque j'ai appris qu'il dissipait sa fortune, que son patrimoine était grevé d'hypothèques. Alors j'ai de-

viné que ses lettres étaient men-
teuses, que sa sagesse n'était qu'hy-
pocrisie. J'ai voulu voir par moi-
même quelle était cette conduite
dont j'avais été si fier. J'avoue cependant que j'espérais le trouver
moins coupable... J'étais loin de
m'attendre à rencontrer, le jour
même de mon arrivée à Paris, des
preuves aussi accablantes de sa per-
versité.

— Est-il vicomte, au moins ? re-
demanda M. Poulet.

— Eh! que vous importe cela,
Monsieur! Songez davantage à la
gravité des circonstances ; sauvez
votre enfant, Monsieur ; je vous ai-
derai de tout mon pouvoir. Mon
neveu ira chez vous, sans doute ;
ne lui témoignez rien ; recevez-le

comme d'habitude. Pendant ce tems, j'observerai ses démarches, je m'attacherai à ses pas. Soyez tranquille, Monsieur; je me présenterai quand il le faudra. Nous verrons alors ce que deviendra l'assurance dont il me paraît pourvu.

— On ne peut le dissimuler, il a une noble assurance.

— Voulez-vous bien, Monsieur, me donner votre nom et votre adresse...

— Nicomède Poulet, rue de Verneuil, n° 328.

— Poulet ! Poulet !

— Comment donc, Monsieur ! on dirait que ce nom là vous donne la chair de poule... C'est pourtant un fort joli nom.

— Poulet! Poulet! répéta l'oncle

de Derbain ; seriez-vous le mari de mademoiselle Louise Roland.

— Hélas! oui... c'est ma femelle.

— C'est bien !... sortez.. sortez.. laissez-moi... je veillerai sur votre fille... Allons donc! Monsieur... ne voyez-vous pas que je suis souffrant, malade... sortez donc... votre vue me fait mal...

— Tonnerre! disait M. Poulet en descendant l'escalier, voilà un fameux original! je voudrais bien savoir où cet homme-là a pu connaître ma femme? Bah! les femelles ont tant de connaissances que leurs maris ne voient jamais... Tonnerre! il faudra cependant que je le sache! ou mordieu! cordieu! pardieu! on en verrait de belles?

CHAPITRE V.

DANS LEQUEL ON RETROUVE L'AIMABLE COCHER DE COUCOU.

M. Poulet venait de quitter M. Darancourt et se rendait chez lui, rue de Verneuil.

Sa démarche était lente, son front soucieux ; il rêvait profondément.

Comment annoncer à sa famille qu'il avait été joué par un jeune homme, lui qui se donnait volontires pour infaillible? Dirait-il tout à sa femme? Attendrait-il, en silence, les événemens qui se préparaient? c'était fort embarrassant... cependant il penchait pour se taire. D'abord son amour-propre y gagnerait quelques heures, et puis le tems pouvait amener des circonstances qui le justifieraient, ou peut-être même des conjonctures qui arrangeraient tout à la satisfaction générale.

Il tenait, d'ailleurs, à ses beaux rêves de noblesse. Il s'était accoutumé à dire en se pavanant : *ma fille, la vicomtesse*; il lui en coûtait de renverser si brusquement ses châteaux en Espagne. Il cherchait donc à se tromper lui-même pour conserver un reste d'espérance, et il en vint insensiblement à penser que le vieux M Darancourt, dont les paroles étaient si brusques et les gestes si pétulans, pourrait bien n'avoir pas la tête trop saine, et qu'il pourrait se faire que M. le vicomte Victor expliquât facilement ce qui paraissait louche dans sa conduite.

Il arriva chez lui dans ces dispositions pacifiques, et il accueillit assez bien les salutations familières de M. le Vicomte, qui était venu rendre une visite et causait avec les dames.

Ces dernières illusions devaient se dissiper bientôt.

Il était à peine arrivé depuis quelques minutes quand la sonnette de l'appartement retentit avec fracas. Jeannette était absente. M. Poulet alla ouvrir et vit un grand escogriffe, long de six pieds, vêtu d'une large veste de gros drap et coiffé d'un chapeau de cuir.

— Ohé! les autres... Ohé! l'ami!... S'écria l'escogriffe, èche que vous n'auriez pas vu par hageard le farcheur que che demânte?

— Je ne vous comprends pas, répondit sèchement M. Poulet.

— Ch'est pourtant pas difficbile... tiens! che ne me trompe pas.... ch'est le vieux chobart qu'a de cholies filles et qui ne veut pas qu'on les carrèche... Foutue bête! va....

— Que voulez-vous, ivrogne? demanda M. Poulet avec dignité.

— Comment que vous vous portez che matin, mon bon monchieu Cornisson?

— Insolent!

— Fassez pas.... Fasse zpas !che peux pien vous temanter comment vont chez oreilles que che vous tirais si bien à Cheaux ,l'autrechour.. Vous chavez?...

Le grand escogriffe n'était autre que notre ami Gilbert, l'excellent cocher de coucou.

— Que venez-vous faire ici? répéta M. Poulet.

— Tiens....... au fait! qu'èche que che fiens donc faire ichi , dites? ah ! m'y voichi ! vous m'aviez donné votre montre en cache , je l'ai prêtée à un quelqu'un qui devait vous la remettre en me donnant un pour-boare. Mais y ne me paye pas et chai choif.... Ch'est bien vilain de la part d'un ami.,. D'un ami intime , quoi !

— M. le vicomte d'Arancourt, votre ami intime!... Vous me faites pitié!

— Que vos *harengs* choient *courts* ou longs, qu'èche que cha me fait! che n'ai pas faim... J'ai choif!

— Qui vous parle de harengs, animal!

— Merchi! merchi!

— Je vous dis seulement que le Monsieur qui m'a rapporté ma montre ne peut être votre ami.... C'est un noble et puissant personnage.... C'est le vicomte d'Arancourt...

— Pauvre vieux.... Comme on l'enfonche! ah! ah! ah!

— Qui vous fait rire ainsi; sot, que voulez-vous dire ?

— Que vos vicomtes chont des contes, voàla tout....

— C'est assez, j'ai ma montre; êtes-vous payé ?...

— On me doit dix francs de Capital et chinq francs pour les intérêts du pour-boare que l'on m'a promis.

— Qui vous l'a promis ?

— Mon ami intime.

— Vous ne le connaissez même pas.

— Non... Je ne le connais pas... C'est le chat! pardi! ch'est l'amoureux de votre femme... Le calant de vos deux filles... Un bon enfant qu'est étudiant et que che mène à la campagne de tems gen tems avec de cholies petites qu'il baige comme du chucre à vingt-chous.... Enfin ch'est M. Victor Derbain, quoi!

3   4 *

Ce nom rappelait apparemment des souvenirs douloureux, car M. Poulet devint pâle et bientôt après rouge de fureur.

— Derbain! Derbain! s'écria-t-il; malheureux cocher! quel nom il a osé prononcer devant moi!!..

— Vous me faites de la peine pauvre monchieu Cornisson, dit Gilbert fort touché apparamment de l'agitation de sa pratique; les cornes vous montent à la tête?... Cha vous fait mal?.... Ch'est bien fait pour cha..... Au fait puisque M. Derbain n'est pas ichi, che vous fais cadeau de mon pour-boare... Ayez bien choin de vos choreilles, mon ser monchieu Cornisson....

— Ah! vous croyez m'échapper ainsi! s'écria M. Poulet en qui une émotion violente banissait toute crainte, non pas... Je vous tiens... Vous ne partirez pas sans me dire auparavant pourquoi vous me nommez ce Derbain... Si vous savez ce qu'il a été pour ma famille... Parlez... Parlez... Là... Sur-le-champ... ou, tonnerre! je vous tiens bien... Prenez garde à vous!!!

Gilbert, accoutumé à parler à des chevaux, avait une voix sonore et retentissante. M. Poulet, agité par une passion impétueuse, avait haussé le ton ; le bruit parvint jusque dans le salon où se trouvaient les deux jeunes filles et Derbain. Ils accoururent.

— Eh! bigre de farcheur, cria Gilbert en apercevant celui qu'il nommait son ami intime, je cha-

vais bien que che vous trouverais
ichi, mille gieu !

La présence du cocher rappela à
Derbain la dette qu'il avait con-
tractée envers lui. Il fouilla dans sa
poche ; mais, la veille, il avait vidé
sa bourse à Vincennes ; il avait
oublié de la garnir le matin ; comme M. Poulet, quelques jours auparavant, il se trouvait sans un
sou.

— Je n'ai pas d'argent, dit-il
au cocher; viens chez moi dans la
journée , je doublerai ton pour-
boire.

— Zy souis allé deux fois chez
vous, chans vous trouver.... ch'est
bien touchours la même adrèche...
M. Victor Derbain, rue des Fochés-
chin-Germain, hem ?

Le jeune homme, tout occupé

de se débarrasser promptement d'un importun, ne vit pas ce qu'il y avait d'insidieux dans cette question ; il oublia son rôle de vicomte et répondit étourdiment :

— Eh ! ne le sais-tu donc pas ! je ne déménage pas tous les jours.

— Eh bien ! M. Cornisson, s'écria Gilbert qui triomphait, vous voyez bien que je chuis pas trop bête pour un animal ; au plaigir, mon vieux. La première fois que vous ne me payerez pas je respecterai vos oreilles ; je vous prendrai chimplement par les cornes ; cha chera plus commode, attendu que ch'est plus long.

Cela dit, il s'éloigna carrément en se frottant les mains.

L'auteur de cet excellent ouvrage ne trouve pas de termes qui puissent exprimer dignement l'état d'exaspération frénétique dans lequel tomba alors M. Poulet. Il se bornera à raconter succintement qu'il sauta comme un chevreuil, qu'il articula des sons rauques et étouffés, qui tenaient plutôt du rugissement d'une bête féroce, que des accens d'une voix humaine, qu'il s'empara d'un vieux sabre, et que Derbain, tout jeune et agile qu'il était, aurait eu beaucoup de peine à se soustraire à sa fureur, s'il n'avait pris le parti de la fuite dès le commencement de cette scène.

Si les termes nous ont manqué pour peindre la colère de M. Poulet, les expressions nous manqueraient aussi pour rendre la consternation, le désespoir de la pau-

vre Clotilde. La malheureuse se
voyait ravir, d'un seul coup, ses
songes dorés, ses riantes espérances, ses premières amours... La secousse était trop violente pour elle...
elle tomba évanouie dans les bras
de sa sœur.

Madame Poulet n'avait rien entendu; elle entra seulement alors.
La pauvre femme arrivait toute
joyeuse; elle ne vit autour d'elle
que des larmes et de la désola-
tion.

Cette scène était inintelligible
pour elle; tout en prodiguant à sa
fille les secours dont elle avait besoin,
son œil inquiet suivait les mouvemens de son mari et cherchait
dans ses regards, dans ses gestes,
l'explication des événemens qui venaient de se passer. Mais celui-ci

se tordait les mains, rugissait et ne disait pas une parole.

Au bout de quelques minutes, Clotilde reprit, avec le sentiment de l'existence, la poignante conviction de son malheur. Sa vie n'était plus en danger, mais des pleurs, des pleurs cruels, amers, comme ceux que fait répandre une première douleur, coulèrent de ses yeux; la pauvre petite, soutenue par Ursule, se retira dans sa chambre.

Quand les deux époux furent seuls, madame Poulet voulut des explications.

— Vous me demandez de quoi il s'agit, Madame! vous me le demandez! dit M. Poulet en sautillant comme c'était son habitude quand il était tourmenté par une passion violente , eh bien! Madame , eh bien! C'est encore une femelle... C'est vous!.. Vous!! qui êtes la cause de ce qui vient de se passer.

— Moi! moi!! dit madame Poulet, qui comprenait moins que jamais.

— Savez-vous quel nom on a osé prononcer devant moi? Un nom infâme, un nom maudit, un nom qui me couvre de honte, un nom fait pour réveiller tous vos remords.

— Arrêtez!.. Arrêtez!.. Dit madame Poulet dont la voix devenait faible et tremblante.

— Vous l'entendrez , Madame... on a nommé... DERBAIN....

Madame Poulet poussa un sourd gémissement et se laissa tomber dans un fauteuil.

T. 3.   5.

Son mari était ridicule, violent, déraisonnable ; mais il avait bon cœur. Il affectait de mépriser sa femme et il l'aimait tendrement. Quand il la vit pâle, sans mouvement, les yeux fermés, il la crut morte. Sa fureur tomba tout à coup. Il n'y eut plus en lui que de l'égarement, du désespoir. Il se jeta aux genoux de sa femelle, il pleura sur ses mains, il l'appelait des noms les plus caressans, et, voyant qu'elle ne répondait pas, il se punissait de son emportement par de grands coups de poing dans l'estomac.

— Louise, ma Louise, criait-il, reviens à toi... réponds-moi.., je ne t'en veux plus... Tu sais bien que j'ai tout pardonné... Je ne voulais pas te faire de la peine, Louise... ;

mais ce nom.... ce nom odieux qu'on m'a jeté à la face comme un affront.. Il m'a frappé comme la foudre. Pardonne-moi, Louise, je n'aurais pas dû te le dire... Je me tairai, Louise... Mais, par grâce! par pitié! regarde-moi.... parle moi.... Dis-moi que tu me pardonnes.

Madame Poulet, revenue à elle-même, fort heureusement pour la cervelle de son mari, le vit gémissant à ses genoux; se laissa tomber dans ses bras, et elle pleura sur son sein ; M. Poulet, jaloux de faire sa partie dans le duo, se mit à l'imiter: au bout de quelques minutes, il pleurait à faire plaisir.

CHAPITRE VI.

COMME QUOI JEANNETTE CROIT AVOIR TROUVÉ SON PRINCE.

PLUSIEURS jours s'écoulèrent tristement dans la famille Poulet. Le
départ de Derbain y avait laissé
bien des douleurs !

Il y avait là , surtout , une
jeune et inocente victime qui n'ou -
blierait pas de long-tems des il-

lusions sitôt détruites , un amour si vite abjuré.

Clotilde était bien malheureuse !

Pauvre enfan. ! elle, si jolie , si si bonne , si bien faite pour être aimée ! elle , la douce et tendre Clotilde ! donner ses affections vierges à un homme comme Derbain .... Mépriser comme un libertin l'être qu'elle admirait comme un ange ; le maudire dans son désespoir , et pourtant le regretter sans le vouloir ; l'aimer encore en dépit de sa raison : tout cela était bien douloureux.

Tout était décoloré pour elle ; tous les fronts étaient rembrunis ; sa présence n'invitait plus au sourire ; on pleurait en la regardant.

Et puis les ennuis du ménage

avaient augmenté depuis le jour funeste. Son père grondait, murmurait sous cape. Sa mère se taisait ; mais que de larmes dans son silence que d'amères douleurs dans ses regards !

L'amour malheureux n'était plus le seul tourment de Clotilde. Un autre sentiment exalté s'était glissé dans son cœur, si paisible il y avait peu de jours. Elle sentait la haine germer, croître, grandir en elle-même. Elle haïssait Jeannette.

C'est que cette Jeannette, cette odieuse fille, affectait de triompher de son malheur ! d'insulter à son désespoir !.. C'est que ses yeux méchans semblaient fouiller jusqu'au fond de son âme pour mieux jouir de ses tortures cachées.... C'est qu'elle affectait un sourire railleur quand elle voyait la pauvre enfant baignée de larmes...

La haine de Clotilde était vague, et pourtant vive et profonde.

Un instinct secret lui révélait la rivale dans la personne malveillante. Cette rivalité l'indignait. Jeannette..., une bonne..., une misérable servante !... Oser lutter contre elle..., prétendre à la supplanter dans les affections de Derbain....., y réussir peut-être !... Il y avait dans ces idées une humiliation bien douloureuse.

Et, par une bizarre disposition du cœur humain, chacun de ses chagrins, chacune de ses souffrances lui rappelaient l'homme dont les paroles étaient si pénétrantes, et ravivaient cet amour qu'elle avait voulu combattre et qu'elle croyait éteint.

Elle était insoucieuse la veille , elle observait tout maintenant. Elle devina qu'une grave querelle avait eu lieu entre ses parens ; elle remarqua que sa mère , triste et abattue en présence de son mari , se ranimait comme par enchantement dès qu'il avait quitté la maison pour se rendre à la bourse. Un soir, elle la vit écrire en cachette , puis elle vit Jeannette se glisser mystérieusement dans la rue , en cachant une lettre dans son sein.

La pauvre enfant ne s'occupait que d'un seul individu ; elle crut que tout le monde devait s'en occuper autant qu'elle le faisait elle-même. Elle ne douta pas que cette

lettre mystérieuse ne fût destinée à
Victor. Son imagination s'épuisait
à chercher ce qu'on avait pu lui
écrire. C'était intéressant à deviner, mais bien difficile à savoir !
Clotilde arrangeait à sa fantaisie le
billet et la réponse ; puis elle se
perdait en vaines conjectures sur
ce qui pourrait arriver.

Pour ne pas l'imiter dans des
suppositions trop hasardées, nous
accompagnerons Jeannette dans la
course qu'elle entreprend.

La petite bonne, à la démarche
coquette, aux yeux égrillards, à
la taille cambrée, se dirige d'un pas
leste vers la rue des Marais ; elle
pénètre dans la maison qui porte
le n° 75, et gravit en sautillant
les innombrables marches qui con-
duisent au logement d'Anatole.

Une jolie femme , qui a le caractère de Jeannette , ne manque
pas d'assurance quand elle se rend
chez un jeune homme : elle est
toujours sûre d'y être bien accueillie. Jeannette le savait bien. Elle
ouvrit la porte sans frapper et entra en fredonnant.

Le jour tombait, la chambre
était obscure, elle regarda sans
rien distinguer. Elle ouvrait la
bouche pour appeler, quand un
baiser bien appliqué interrompit
ses paroles.

Jeannette trouvait dans cette
aventure un assez bon côté, cependant elle pensa qu'il n'est jamais mal de savoir à qui l'on a affaire, que ses bonnes grâces va-
laient la peine d'être demandées,
et que si l'on pouvait aimer les

fripons, il ne fallait pas se fier aux
voleurs.

Elle crut donc convenable de
trouver cette familiarité imperti-
nente.

En conséquence, elle repoussa
son amoureux improvisé, s'élança
vers la croisée qu'elle ouvrit, et,
grâce à la lumière qui se glissa dans
la mansarde, elle reconnut Derbain qui riait aux éclats de sa vertu !

—Vous, ici, s'écria Jeannette, ne
sachant pas encore si elle devait se
réjouir ou se fâcher.

— Comme tu vois, mon enfant...
en veux-tu une autre preuve?

— Finissez... finissez... où est
M. Anatole?

— Il a reçu de l'argent, et je lui
ai fait quitter son chenil. Mais com-

me je savais que ta maîtresse ne tarderait pas à lui donner de ses nouvelles et que je tenais à les avoir de première main, j'ai gardé le logement, et j'y demeurais en embuscade... J'ai eu là une bien bonne idée puisque tu viens m'y trouver. Tu es jolie comme un petit ange, ce soir...

— Bat! gardez donc vos beaux complimens pour mademoiselle Clotilde.

— Tu la vaux dix mille fois.

— Je ne suis pas une petite *chipie* moi, toujours.

— Tu me fais l'effet de ne pas l'aimer beaucoup.

— Je la déteste.

— Qu'est-ce qu'elle t'a donc fait pour tant de haîne ?

— Elle est insupportable depuis

quelques jours... ça n'est content de rien..; ça se donne des airs... des manières.., ça fait pitié! tenez, ce matin encore, elle disait à son père que je n'étais bonne à rien qu'à faire des impertinences, et qu'il fallait me renvoyer....

— Est-ce que tu n'es plus bonne à rien, Jeannette?

— Riez, riez.., pardi ¹ vous la défendrez contre moi, vous qui la trouvez si jolie.

— Elle est assez gentille, c'est vrai; mais tu es belle toi, Jeannette. J'ai un caprice pour elle, mais c'est une passion que tu m'inspirerais si je le voulais bien.

— Voyez-vous ça! dit Jeannette en oubliant sa fureur pour faire de jolies petites mines.

— Sois tranquille... je ne vou-
drai pas... Tu me boudes toujours?... faisons la paix, veux-tu?

— Si vous me touchez, j'appelle
au secours.

— Crie bien haut, mon enfant;
il n'y a que des chats sous ces gou-
tières. Allons pas de bêtises..; sois
bonne fille.., baise moi et parlons
raison... c'est ton fort à toi, Jeannette.

— Vous serez sage si je vous
écoute? demanda Jeannette en minaudant.

— Je te promets de ne pas faire
un geste d'ici à une demi-heure.

— Et plus tard...

— Bath! nous serons d'accord...
écoute ma petite : je suis fort aimable, c'est un fait; cependant tu
ne saurais m'aimer beaucoup at-

tendu que je ne t'ai parlé que trois fois.

— Je ne vous aime pas du tout.

— Tu es adorable! Il résulte de tes paroles que, puisque tu ne m'aimes pas plus qu'un autre, c'est tout simplement un amant que tu désires..., il t'en faut un, je le sais.

— Ce ne sera pas vous, toujours.

— Ce sera qui tu voudras, attendu que tu es assez jolie pour choisir... cependant, comme tu le dis fort élégamment, ce ne sera pas moi; je t'estime trop pour te tromper..., j'en aime une autre.

— Pardi! c'est mademoiselle Clotilde..; mais mon Dieu! que lui trouvez-vous donc de si beau à cette créature?

— Ce n'est pas Clotilde que j'aime.

— Et que lui voulez-vous donc, alors?

— Je veux l'avoir, et je compte sur toi pour m'y aider.

— Insolent! cria Jeannette en se levant toute en colère.

— Mais, continua Derbain sans s'émouvoir, il faut ici que les services soient réciproques...

— Je ne veux plus rien entendre... laissez-moi... Pour qui me prenez-vous?

— Écoute seulement ceci, Jeannette: il est dans Paris un jeune homme de vingt-cinq ans; beau, grand, riche, aimable..; ce jeune homme est un de mes amis intimes, et il adore une jolie petite

brune qui fait en ce moment la mi-
jauréc.

— Vraiment ?

—Adieu, Jeannette, je ne te re-
tiens plus, va-t'en si tu veux.

— Vous le mériteriez.., mais,
bah! je suis bonne fille.., je vous
pardonnerai si vous me dites tout.

— Le véritable amour rend timide ; mon ami t'adore , Jeannette,
mais il te trouve trop imposante...
il n'ose pas te parler.

— Ça sera peut-être mon prince , pensa Jeannette dont le regard
étincelait.

— Je t'abordais en son nom à
Saint-Sulpice; mais en te voyant si
jolie, j'oubliai ma mission, et je
ne pensai plus qu'à t'aimer.

— Voyez-vous cela !

— Mais la réflexion m'a fait

5   5

sentir que ma conduite envers ton
amant serait infâme.., je me suis
retenu sur le bord du précipice..
rends mon ami heureux.., je me
dévoue à l'amitié.

— J'ai peur que ce ne soit un
conte que vous me faites-là, menteur !

— C'est tout bêtement une histoire. Tu pourras voir demain ton
amoureux, si c'est ton bon plaisir.

— Oh ! demain... dit Jeannette
en minaudant, c'est trop tôt.

— Quand tu voudras. Cependant
je dois te prévenir d'une chose qui
pourra peut-être t'empêcher de l'aimer.

— Quoi donc? demanda Jeannette, déjà vivement alarmée.

— Il ne veut pas que son amante
reste servilement chez les autres,

il exigera que tu prennes une femme de chambre.

— O mon Dieu, mon Dieu ! dit Jeannette dans un violent accès de joie.

— J'ai bien peur que cela ne te convienne pas..; au reste, c'est ton affaire ; fais tes réflexions... Tu dois voir pourtant que je suis ton ami... j'espère que tu ne me refuseras plus tes bons offices.

— Vous êtes si bon.., dam ! si je puis vous être agréable.

— Très-bien ! très-bien, Jeannette..; la reconnaissance est une vertu sublime.., je me suis toujours douté que tu avais beaucoup de vertu .; maintenant, dis moi, que venais-tu faire ici ?

— Je ne sais pas si je dois vous le dire.

— Ne fais donc pas l'enfant, c'est ridicule.

— Je portais une lettre de Madame à M. Anatole.

— Donne-la moi ; Anatole est mon ami, je puis me charger de sa correspondance.

— Quoi ! quoi ! vous décachetez.

— Je fais plus, je lis... écoute.

« Monsieur.

» Je vous ai promis une nouvel-
« leentrevue, je tiens à remplir ma
» promessse. Vous m'avez mal jugée
» jusqu'à présent ; un quart d'heure
» d'entretien suffira pour échanger
» votre opinion à mon égard.

» La surveillance jalouse de
» mon mari sème de difficultés
» chacune de mes démarches. Nous

» devons user, pour nous voir, de
» grandes précautions. Je n'ai pas
» le tems de vous détailler par
» écrit ce que vous avez à faire;
» mais veuillez suivre exacte-
» ment les instructions que vous
» donnera Jeannette.

« Soyez prudent, Monsieur,
» et aimez un peu celle qui vous est
» tendrement attachée.

» *Signé*. Louise F. P.

— Contestez donc l'avantage d'a-
voir affaire avec une femme expé-
rimentée !. dit Derbain. Voyons,
Jeannette, que doit faire mon ami
pour arriver à son rendez-vous ?

— Il y a une chambre à louer
dans la maison qu'habite M. Poulet.

— C'est divin... il faut que

t'embrasse pour la bonne nouvelle.

— M. Anatole doit se présenter
pour la louer, mais pas avant une
semaine ; M. Poulet pourrait reconnaître le jeune homme de
Sceaux : dans huit jours il n'y pen-
sera plus ; il n'y a dans sa cervelle
ni jugement ni mémoire.

— Bien : puis quand il sera ins-
tallé ?

— Madame ne m'en a pas dit
davantage, mais le reste se devine,..
pendant que son mari dormira,
elle ira voir son amant sans quitter
ses pantoufles... c'est bien commode et bien décent ! hein ?

— Et pendant qu'elle sera chez
Anatole, moi qui serai caché chez
lui, je me rendrai près de Clo-

tilde... c'est bien commode et bien
décent ! hein ?

— Qui vous ouvrira la porte,
s'il vous plaît ?

— Une personne charmante...
une petite brune à croquer... toi,
friponne...

— Vous ne demandez pas si je
le veux.

— Tu veux tout ce que l'on veut,
toi ; et puis ton amant est si riche,
si gentil!... il est beau comme un
amour, d'abord.

— Pauvre petit jeune homme !

— Il t'aime tant d'ailleurs...

— Ah!... tout cela est bien at-
tendrissant...

— Tu aurais un cœur de roche,
si tu nous refusais quelque chose...
et puis songe donc un peu.., tu vas
devenir riche et brillante...

— Je m'y attendais, parole
d'honneur !

— Ton miroir te l'avait prédit ?
C'est toujours comme cela.

— Mon miroir et puis.. et puis..
mais non, je ne vous dirai pa cela..

— Je ne suis pas curieux, Jeannette... nous sommes d'accord,
hein ?

— Dites donc, si vous meniez
votre ami avec vous la nuit du rendez-vous de Madame...

— Excellente idée ! trois intrigues dans la même maison... au
même moment.. Pardieu ! je le veux
bien... ça sera très-amusant pour
M. Poulet !...

— Quel bonheur! dit Jeannette,
en faisant un saut de joie.

— Maintenant, ma jolie petite,

il faut que tu remettes, dès ce soir,
une lettre à Clotilde.

— Vous me jurez sur votre honneur que vous ne l'aimez pas d'a-
mour...

— Je le jurerai sur tout ce que
tu voudras.

— Que vous ne l'épouserez jamais...

— Fi donc !

— Ecrivez sur-le-champ ; je re-
mettrai votre lettre.

Le jeune homme se mit à écrire,
et Jeannette murmurait tout bas :

— Petite pécore!... je t'appren-
drai à m'enlever mes amoureux...
je te ferai dire, moi, qu'il faut me
renvoyer et que je ne suis bonne à
rien! M. Derbain peut être tranquille... ça ne sera pas ma faute s'il
ne t'a pas corps et âme.

T. 3.   6

CHAPITRE VII.

COURS DE MORALE A L'USAGE DES DEMOISELLES.

Si les instructions de madame Poulet à Anatole empêchaient Derbain d'agir directement pendant une longue semaine, il avançait cependant ses affaires par le moyen de Jeannette. La petite bonne, entièrement su jugée par ses deux ïdés dominantes, son prince et sa vengeance, lui était maintenant dévouée comme une esclave.

Jeannette, avec la finesse que portent les femmes dans les affaires d'amour, avait su reconquérir la confiance de Clotilde.

Comment, en effet, s'obstiner à voir une rivale dans la personne obligeante qui remet avec mystère les billets d'un amant aimé ... dans la confidente empressée qui écoute avec intérêt nos petites histoires de cœur, et nous parle avec complaisance et abandon de l'amour que nous inspirons?

Tous les soupçons de Clotilde s'évanouirent. Elle pensa que Jeannette n'avait jamais été sa rivale, et que les intelligences de Victor avec elle ne tendaient qu'à obtenir ses bons offices en faveur de leur amour.

Au reste, Clotilde, timide comme une enfant, éprouva de grandes craintes, de violens scrupules en recevant une première lettre de Victor. Son petit cœur battait bien fort, ses joues se couvrirent de couleurs bien éclat ntes et bien vives! Elle baisait avec transport les caractères chéris qui allaien tsans doute justifier l homme aimable dont elle s'était cru trahie ; puis une réflexion morale se présentait à sa jeune tête, et elle repoussait en gémissant la lettre encore cachetée.

Sa raison lui disait qu'il y avait quelque chose d'obscur et de louche dans la conduite de son amant; qu'elle ne devait renouer avec lui que quand il serait accueilli de nouveau par sa famille, et que, lire sa lettre, c'était approuver ses démarches, et l'autoriser à en entreprendre de nouvelles.

Ces divers sentimens l'emportaient tour-à-tour. La sagesse dans un cœur comme le sien devait finir par triompher ; mais, hélas ! Jeannette se mit de la partie, et ce n'était pas du côté du devoir qu'elle ferait pencher la balance...

Comme toutes les confidentes, Jeannette avait voix délibérative au procès. Elle servit chaudement un homme dont les bons offices devaient lui procurer deux jouissances égales à ses yeux... de l'amour et de la vengeance.

— Montrer cette lettre à votre mère ! disait-elle ; y pensez-vous !.. essayez seulement, et vous verrez

ce qu'il arrivera de vos amours.
Votre famille ne veut pas vous marier; elle a fait semblant d'accueil-
lir M. Victor qui se présentait avec
franchise; mais elle a trouvé un
moyen de le congédier sous des pré-
textes que ni vous ni moi ne com-
prenons... Dites qu'il vous écrit, et
vous n'entendrez plus parler de ce
pauvre jeune homme.

— Quoi! Jeannette... tu peux
penser que mes parens...

— Je le jurerais sur mon âme.

— Ce que tu dis n'est pas possible. Quelle raison auraient-ils pour
me tromper?

— Quoi! vous ne voyez pas leurs
raisons?

— Pas du tout, je t'assure.

— C'est pourtant clair comme le
jour. Vous êtes la cadette; ils ne

veulent pas vous marier avant votre
sœur aînée. Madame y consentirait
bien peut-être, si elle ne pensait
pas que le titre de grand-maman
la veillirait..., mais votre père...
ah! ah!... il ne manquerait pas de
dire que sa femme vous marie la
première parce que vous êtes sa fille,
et qu'elle n'est qu'une marâtre pour
mademoiselle Ursule, qui est d'un
autre lit.

— Ma sœur paraissait si contente
de me voir épouser Victor...

— Ouiche !.. croyez - ça... vous
n'avez donc pas vu comme elle faisait tout bas la grimace... c'est une
sournoise, allez... cachez-lui bien
vos secrets, si vous ne voulez pas
qu'elle les vende.

Ces paroles empoisonnées cau-
saient à Clotilde une douloureuse

surprise. Pour la première fois elle concevait la dissimulation, la fausseté, la perfidie... et ces vices qui la révoltaient, ces vices odieux, c'était chez ses parens qu'il fallait les soupçonner et les craindre !

— Non, Jeannette, non, disait-elle ; ma mère, ma sœur m'aiment toutes deux, elles ne peuvent désirer ce qui ferait mon malheur... elles ne peuvent surtout employer des moyens vils, des perfidies infâmes... tu les juges mal, Jeannette... ma conscience m'ordonne de tout leur dire, je lui obéirai.

— Comme il vous plaira. Vous êtes la maîtresse de rester fille toute votre vie, si c'est votre bon plaisir. Mais c'est M. Victor que je plains ! pauvre jeune homme ! il méritait une femme qui se comportât mieux avec lui...

— Tu crois qu'il sera fâché?.. pauvre Victor!... mais non, il ne saurait me blâmer... il est raisonnable.

— Un amoureux .. pardi! ça va tout seul.. Voulez-vous que je vous dise ce qu'il fera... quand il ne pourra plus ni vous parler, ni vous écrire? il se tuera... voilà tout.

— Se tuer! s'écria Clotilde, dont les joues devinrent aussi pâles que si elle avait eu sous les yeux le cadavre glacé de son amant.

— Il le fera comme je vous le dis. Il m'a répété vingt fois que s'il vous perdait, il se brûlerait la cervelle... C'est un homme qui n'a jamais menti... il se tuera.

La pauvre Clotilde se prit à pleurer.

— Jeannette! Jeannette! s'écriat-elle, aie pitié de moi!.. que faut-il que je fasse?..

— Dites tout à vos parens... Quand votre Victor sera mort par votre faute, on me chassera, moi, parce que je vous aurai trop aimée, après cela vous serez bien heureuse, allez... en attendant, je ne me mêle plus de vos affaires.

La poitrine de Clotilde se brisait sous les sanglots; son bras mignon entoura la taille de Jeannette, une de ses mains se promenait caressante sur sa figure, et ses petites lèvres roses semaient de baisers les joues de la perfide bonne.

— Jeannette! Jeannette! disait-elle, reste... je t'en prie.. ne m'abandonne pas...

Il y avait tant de douceur dans sa voix entrecoupée par les larmes, ses regards étaient si tristement supplians, elle était si malheureuse, si pénétrée de son malheur, que Jeannette éprouva quelque chose qui ressemblait au repentir. Elle oublia pour un moment que Clotilde était sa maîtresse et avait été sa rivale; elle ne songea plus à cette supériorité de charmes qui était pour elle un outrage ; elle oublia les mots amers qu'elle avait essuyés depuis quelques jours ; elle redevint une jeune fille aussi bonne, aussi simple que s'il n'y avait pas eu de sorcier dans l'histoire de sa vie.

Toute en pleurs comme Clotilde,

elle lui rendit avec abandon ses touchantes caresses, toute prête à avouer ses intrigues, rêvant déjà à réparer le mal qu'elle avait fait.

— Moi, Jeannette! disait Clotilde, te causer de la peine!... te faire chasser par ma faute.... Oh! non... j'aimerais mieux mourir...

— Vous m'aimez donc un peu?...

— Si je t'aime! n'es-tu pas ma seule consolation, ma dernière espérance.... Ce pauvre Victor! sans toi, que deviendrait-il !

— Pourtant vous vouliez me faire congédier par votre père...

— C'est vrai, dit Clotilde en rougissant, mais c'est qu'alors... Je croyais.... On m'avait dit...

— Que j'aimais votre Victor pour mon propre compte, n'est-il pas?

— Hélas! oui...

— Vous voyez bien qu'on n'é-
pargne pas le mensonge pour vous
séparer de votre amant... Me soup-
çonnez-vous encore?

— Oh! tu es trop aimable, trop
complaisante pour cela... Si tu
savais combien je t'aime maintenant!.. Écoute : quand je serai ma-
riée tu seras ma bonne... Veux tu?

— C'est cela! pensa Jeannette...
Soyons honnête... Soyons sage... Et
nous servirons toute notre vie!...
J'ai failli faire une sottise.... Mon
amoureux vaut mieux que ça.

— Tu ne me réponds pas!..

— Bah! enfantillage!... Comment voulez-vous vous marier si
vous ne faites pas ce que je dis...

— Hélas! j'ai peur de mal faire.

tu es bien jeune pour me donner des conseils...

— C'est vrai ; mais j'ai de l'expérience, allez... Vous n'en êtes qu'à votre premier amoureux, vous...

— Tu en as eu plusieurs ?... Fi ! c'est bien mal !..

— Vous croyez ça ? dans trois ou quatre ans vous m'en direz des nouvelles.... Un amoureux ! ça paraît éternel quand on commence...Mais c'est comme l'innocence... Ça ne dure pas toujours....

Une seule phrase de Clotilde avait ramené Jeannette à ses dispositions premières ; elle travaillait de plus belle à corrompre la naïve enfant qui avait eu le malheur de lui donner sa confiance.

Hélas ! ses conseils n'étaient que trop puissans sur Clotilde dont le cœur les appuyait tout bas. La raison les combattait sans doute, mais une raison de seize ans est si incertaine, si faible quand elle a contre elle la nature et l'amour.

Clotilde résista pendant quelque tems, mais elle céda comme on devait s'y attendre. Elle lut la lettre de Derbain ; elle fit plus encore ; elle y répondit en cachette.

Ce premier pas mène loin. Derbain n'était pas homme à s'arrêter en route. Il demanda une entrevue. Clotilde la refusait toujours ; mais suppliée par son amant dont les lettres étaient tour-à-tour tendres, passionnées, brûlantes, impétueuses ; émue par des prières, effrayée par des menaces ; tourmentée par Jeannette, qui, comme un démon, lui inspirait toutes les ré-

solutions qui devaient la perdre ;
invitée tout bas par son propre
cœur qui lui rappelait les charmes
de l'entretien de Sceaux, la douceur
des premiers momens de celui de
Vincennes ; pouvait-elle résister
bien long-tems ?... Hélas ! la pauvre petite promit enfin ce rendez-
vous si vivement demandé.

Ce consentement était pour Derbain une victoire , sans doute ; mais
une victoire inutile s'il ne parve-
nait aussi à surmonter les obstacles
qui s'opposaient , d'ailleurs , à une
entrevue.

Clotilde ne sortait jamais sans sa
mère , et , dans la maison, il était
impossible de parvenir à la soustraire à la surveillance dont ses parens l'entouraient. Derbain sentit
qu'il ne pouvait réussir sans le se-

cours d'Anatole, qui, selon les instructions de madame Poulet, devait retenir un logement sous le
même toit.

Il y avait long-tems déjà qu'il
ménageait à cette fin l'amitié de ce
jeune homme. Sans lui parler d'aucune de ses démarches près de la famille Poulet, il lui racontait de sa
vie passée, de ses espérances fu-
tures tout ce qui pouvait lui prou-
ver une confiance sans bornes.

Il avait senti cependant que son
jugement droit, sa conscience honnête se révolteraient à l'idée de servir d'instrument à une séduction
calculée; il s'y était pris de longue
main pour anéantir ses scrupules.

Un millier d'écus lui restait sur
les quatre mille francs qu'il avait
empruntés quelques jours aupara-

3   6 *

vant , et , comme c'était son habitude , il n'avait rien épargné pour
mener à bien ses projets. Il avait ar-
rangé de nombreuses parties de plaisir avec ceux de ses amis dont les
mœurs étaient les plus corrompues,
avec ceux toutefois à qui l'usage du
monde avait appris à cacher , sous de
l'esprit et des grâces, l'immoralité
des pensées et le cynisme des actions.

Anatole figurait dans toutes ces
parties.

Là , rien n'était sacré pour Derbain et ses amis. La plupart d'entr'eux , blasés sur tout , n'avaient
plus ni illusions , ni croyances. C'é-
tait avec un dédain amer qu'ils parlaient de tout ce que les hommes
aiment et respectent. Leurs goûts
les avaient rapprochés de l'écume
des femmes ; ils affectaient de juger

tout un sexe d'après les malheu-
reuses que la misère ou la débauche
avaient livrées à leurs passions.
Pour eux la pudeur était une comé-
die, une amorce ; les grâces une
étude ; la décence un mensonge ;
les vertus des simagrées ou un tempérament négatif.

Anatole voulait défendre un sexe
que son imagination avait revêtu
de toutes les qualités comme de tous
les charmes. Mais ses argumens
étaient faibles ; il plaidait une cause
qu'il ne connaissait pas. Au contraire, les assertions de ses amis
étaient appuyées sur une longue expérience ; ils parlaient bien, ils
parlaient avec assurance ; les con-
victions d'Anatole étaient ébranlées
peu-à-peu.

Et puis, il est une espèce de courage qu'un jeune homme possède rarement et qu'Anatole n'avait pas. Le fer levé sur sa tête ne lui aurait pas fait abandonner l'opinion qu'il aurait crue juste, la cause qu'il aurait tenue pour sacrée : ce que la peur de la mort n'aurait pu lui arracher, il le cédait à la crainte du ridicule ; il n'osait braver le quolibet, il fuyait devant la pointe d'un méchant calembourg.

Ce moyen fut habilement employé par Derbain. On attaqua par des plaisanteries le candide avocat des femmes, on lui rit au nez quand il parla de leurs vertus, on lui tourna le dos avec dédain quand il voulut invoquer le respect qui est dû à l'innocence.

On fit plus encore ; on voulut appuyer les maximes de la théorie par les exemples de la pratique. Ces messieurs trouvèrent, parmi leurs très - respectables connaissances, une jeune fille de quinze ans, dont la figure enfantine révélait la candeur et l'ingénuité. Ses grands yeux baissés, sa rougeur modeste, semblaient trahir à chaque instant la vierge craintive et pudique. Tout en elle intéressait et touchait.

On mit Anatole en rapport avec elle, et, au bout d'une heure, il fut convaincu que rien n'est plus menteur qu'une virginale apparence. Cette découverte opéra en lui une forte réaction. Plus il avait été convaincu des vertus de la jeune fille, plus il fut indigné en découvrant en elle une courtisane profondément versée dans toutes les roueries de son métier infâme. Les parodoxes de ses amis devinrent des vérités pour lui. Il jugea toutes les femmes d'après les vices d'une seule d'entr'elles ; il cessa de les défendre, il finit par les attaquer amèrement.

— Le voilà où je le voulais, disait Derbain en se frottant les mains ; maintenant il me servira sans mot dire.

En effet, Anatole n'éleva plus que de faibles objections contre les projets de son ami ; et encore s'il résistait , c'était moins pour sauver Clotilde que pour n'être pas accusé d'avoir abusé de la faiblesse de sa mère et d'avoir trahi son amour.

Pour étouffer ces derniers scrupules, Derbain fit précéder le rendez-vous chez M. Poulet par un dîner où le vin de Grave ne fut pas épargné, et, nous devons le dire, l'éloquence de M. Maurin, auquel les calomnies de Derbain avaient persuadé enfin que la prétendue vertu de Clotilde n'était qu'un caprice du moment, de Maurin qui devait jouer le rôle du riche amoureux de Jeannette, porta les derniers coups à Anatole : au moment de se lever de table, il était complètement perverti.

CHAPITRE V.

DU NOUVEAU.

Onze heures du soir sonnaient à toutes les horloges ; la nuit était obscure ; trois hommes, marchant avec précaution, se glissaient le long des maisons de la rue de Verneuil.

C'étaient Derbain, Anatole et

Maurin qui allaient à leur rendez-vous.

Derbain tira un passe-partout de sa poche, il ouvrit une porte; les trois amis entrèrent silencieusement dans la maison Poulet, dont Anatole était devenu locataire partiel depuis le jour précédent.

Parvenus à une chambre du quatrième étage, ils attendirent en silence que Jeannette, le Mercure en jupons de tout le monde, voulût bien les prévenir que l'heure du berger sonnait pour eux.

L'obscurité, le silence, le mystère qui les environnaient rendirent à Anatole un peu de ce calme que les libations bachiques lui avaient enlevé. Au moment de jouir d'un bonheur ardemment désiré, il se sentait triste, car il se voyait

avec effroi le complice d'une mauvaise action; il éprouvait des remords.

Ces sentimens étaient sages, mais
ils arrivaient trop tard. Ses deux
amis étaient entrés dans la maison,
il était impossible de les en faire
sortir; rien ne les ferait renoncer
à une entreprise dont ils se promet-
taient tant de bonheur.

Minuit sonnèrent au milieu de
ces tristes pensées, et, soudain, un
léger bruissement annonça la présence de Jeannette.

— Etes-vous là, M. Anatole?
dit-elle d'une voix si faible qu'à
peine elle pouvait être entendue.

— Me voici, Jeannette.

— Nous sommes trois ici, dit
Derbain.

— C'est bon... C'est bon:... Si

vous êtes bien sages je viendrai vous
revoir... Occupons d'abord Madame... M. Anatole, suivez-moi...

— Un instant ! dit Derbain à ce
dernier. N'oublie pas que tu dois en-
tretenir ta belle au moins pendant
deux heures..., ta sagesse a dû te
faire un fonds d'économies..., cela
te sera facile.... Dans tous les cas,
résigne toi..., fais contre fortune
bon cœur ; songe qu'il est noble et
généreux de se dévouer pour ses
amis... Maintenant pars... Bon
voyage !

Jeannette s'empara de la main
du jeune amant de sa maîtresse,
et le conduisit au salon où cette
dame l'attendait. Puis, pressée de
se trouver seule avec son riche
amoureux, elle se hâta de guider

Derbain vers la chambre à coucher de Clotilde.

— Est-elle prévenue ? demanda Victor chemin faisant.

— Non, elle brûle de vous voir, mais elle ne vous attend pas cette nuit.

— Tu as mal fait. Pourquoi donc ne pas lui dire...

— Fâchez-vous... Je vous le conseille ! Si j'avais annoncé votre visite, elle serait debout maintenant... Elle ne sait rien ; vous la trouverez dans son lit.

Derbain fit un saut de joie et serra la main de Jeannette : il était très-fort sur l'article de la reconnaissance.

La petite bonne se glissa dans l'alcôve où Clotilde dormait avec

toute la sécurité d'une conscience
pure.

— Mademoiselle... Mademoiselle... Ne dites rien... Ne parlez
pas... C'est moi....

— O mon Dieu! c'est toi!... Pourquoi viens-tu la nuit!... Qu'y a-t-il
donc?

— Vous serez bien contente
quand vous le saurez...

— Est-ce que tu as des nouvelles
de Victor!

— Il est-là, Clotilde, dit Derbain en se penchant sur la couche.

Jeannette sentit qu'elle n'était
plus nécessaire; elle partit comme
un oiseau. La pauvre Clotilde, ivre
de joie, inondée de bonheur, entoura de ses bras nus la tête du bien-
aimé et la baigna de douces larmes.

— Victor! mon Victor!... C'est donc bien vous!... Que j'ai de plaisir à vous revoir!...

— O ma Clotilde! ma chérie!... Murmurait Derbain profondément ému par les caresses qui lui était prodiguées.

— Victor! vous êtes bien bon... Bien doux... Et cependant... Cependant vous m'avez bien fait pleurer... Pourquoi vous disputer avec mon père? Pourquoi ne plus revenir à la maison? vous ne m'aimez donc plus autant, Victor?

— Est-ce qu'on peut cesser de t'aimer, ange! jamais je n'ai rien vu d'aussi beau... Jamais je n'ai rien aimé tant que toi...

Ces paroles étaient bien douces au cœur de Clotilde! Cet amant adoré qu'elle avait craint de ne revoir jamais, il était là, devant elle... elle entendait sa douce voix, elle était pressée dans ses bras, elle sentait sur sa joue son haleine.... Rien ne manquait à son bonheur.

— Vous m'aimez donc bien !.. Tu m'aimes donc beaucoup, mon Victor?

— Oui, Clotilde. Mon âme a trouvé pour t'aimer une puissance que je ne lui connaissais pas... Je t'aime plus qu'aucune femme... Mais aussi, ma Clotilde! n'es-tu donc pas plus qu'une femme!

— Et pourtant tu me fuyais... Écoute, Victor.... Tu n'aurais pas voulu me rendre malheureuse... Tu es trop bon pour cela... Mais il y dans ta querelle avec mon père quelque chose que je ne comprends pas. Tu vas me l'expliquer, mon

ami... N'est-il pas?.. Viens... As-
sied-toi.. Là.. près de moi... Ap-
puie ta tête sur mon épaule... Bien!
maintenant dis-moi tout.

Derbain s'était assis sur le lit,
mais il tremblait, il avait peur.
Tant d'innocence et d'abandon dé-
sarmaient ses désirs, étouffaient sa
passion. En ce moment il aimait
trop, il n'osait plus agir.

— Tu ne réponds rien, mon
ami! qu'as-tu donc? et Clotilde
penchait la tête de son amant sur
son sein nu, elle parcourait de sa
main légère les boucles de ses cheveux et cherchait à lire sur ses traits
au moyen d'un rayon de lune qui
se projetait sur les rideaux.

— Hélas! j'ai trompé ton père...
Dit Derbain d'une voix émue.

— Tromper mon père! s'écria

la jeune fille en le repoussant à demi.

— Il voulait ne te donner qu'à un gendre noble ; pour lui plaire, je me suis dit gentilhomme. Il a su que je ne l'étais pas... Il m'a chassé...

— Il te pardonnera, Victor... Je le prierai tant... Tu verras... Il ne me refuse rien quand je pleure.

— Non, Clotilde, il faudra nous séparer...

— Nous séparer ! s'écria la pauvre petite en le pressant convulsivement sur sa poitrine comme pour s'opposer à toute séparation.

— Tes parens ne nous uniront pas et tu ne m'aimes pas assez pour leur désobéir.

— Je ne te comprends plus, Victor.

— Ton père ne te mariera pas avant ta sœur...

— Jeannette avait donc raison! pensa Clotilde.

— Mais si, du moins, j'étais sûr qu'ils m'accorderaient ta main après le mariage d'Ursule, je souffrirais ton absense avec résignation, car je serais soutenu par l'espérance. Mais comprends-tu, Clotilde, ce qu'il y a d'amer dans le sentiment d'un amour profond et véritable quand il est sans cesse accompagné de cette pensée cruelle : ce que j'aime ne m'appartiendra jamais... Une vie entière, une vie jeune, une longue vie, s'écoulera dans un continuel désir de possession qui me tourmentera sans cesse, sans être jamais assouvi.... Oh! Clotilde... Cette destinée est affreuse, elle est épouvantable, et cependant elle sera la nôtre à moins que ton amour...

— Que veux-tu dire, Victor?

— Oh! Clotilde... Clotilde... Si tu m'aimais!...

— Oh! je t'aime tant.

— Réfléchis, Clotilde, continua Derbain qui avait repris peu à peu son sang-froid et ses premiers desseins, réfléchis encore avant de me parler ainsi... Je te l'ai déjà dit, mon ange, quand une femme dit : *je t'aime*, elle dit en même tems : *je me donne à toi tout entière*... Cela est grave Clotilde... Je ne veux pas te surprendre.... Maintenant que tu vois tout, réponds-moi.... m'aimes tu ?....

Clotilde cacha sa jolie tête dans le sein du jeune homme; elle pleura et ne répondit pas.

— Vous ne m'aimez pas! dit Derbain... Adieu ! je pars....

— Victor ! Victor ! s'écria la
pauvre petite en s'accrochant à ses
vêtemens , Victor! reste... Reste...
Oh ! ne t'en vas pas, mon Victor...

— Tu m'aimes donc Clotilde ?

— Hélas! ces mots que tu me
demandes venaient tous seuls sur
mes lèvres, il y a peu d'instans...
Maintenant, j'ai beau faire... Je ne
peux plus les prononcer.

— Vous voyez bien que vous ne
m'aimez pas....

— Oh! ne parle pas ainsi!... Sais-
tu , Victor.... J'ai peur avec toi;
c'est mal , je le sens, et pourtant je
ne peux pas m'en défendre....

— Clotilde! ta réserve est un outrage à mon amour...

— Si je te dis que je t'aime ,

Victor , tu seras méchant comme
l'autre jour à Vincennes....

— Oui , dit Derbain d'une voix
sourde.

— Non , oh ! Non ..., je t'en
prie...

— Il faut donc que je parte... dit
le jeune homme en faisant un effort,
comme s'il eût voulu s'éloigner ;
j'ai pris de la coquetterie pour de
l'amour..., le bandeau tombe ...,
adieu !.. adieu pour jamais !..,

— Je t'aime, ! je t'aime !! je t'aime!!! s'écria Clotilde en l'étrei-
gnant de ses faibles bras.

— Ah! dit Derbain en la serrant
à son tour sur sa poitrine ; maintenant tu as parlé... ma volonté
est la tienne, mes désirs, sont ta
loi... puisque tu m'as donné ton
cœur, à moi, à moi tout le reste ...

à moi les baisers si doux ... à moi
ta ravissante personne ... à moi tout
ce qui fait de toi la plus séduisante
des femmes, la plus belle des créa-
tures...

Et les désirs long-tems conte-
nus de Derbain firent explosion
comme un torrent qui rompt sa
digue. Ivre, ardent, frénétique ,
il se rua sur la vierge comme le vautour sur sa proie. Il profana de ses
baisers un sein qui vagissait sous
ses lèvres. Il promena des mains
lascives sur un corps chaste livré
sans défense à ses outrages.

Clotilde aimait : des caresses
plus modérées, ménagées avec art ,
auraient éveillé ses sens, elle aurait
désiré aussi, et, dépourvue des lumières qui pouvaient lui montrer
la gravité de sa faute, elle se serait

probablement livrée sans combat. Mais son corps demeurait froid sous les baisers furieux de Derbain. Sa délicatesse de femme et de vierge se révoltait. La pudeur lui criait tout bas de se défendre.

Cependant, tremblant de voir Derbain s'enfuir pour toujours à la moindre résistance, elle ne se défendait pas. Froide, inerte, glacée, elle dévorait ses larmes, étouffait ses sanglots, victime patiente, résignée, prête à tout.

Derbain rugissait de luxure!... assez... assez pour les préliminaires..., le crime n'est pas consommé... il faut autre chose à cette rage qu'il appelle de l'amour... et, furieux, il se précipite sur la pauvre Clotilde.

Mais un bruit lointain se fait

entendre; il gronde sourdement, il approche, il croît, il augmente, il retentit comme un tonnerre, il éclate comme la foudre dans la chambre de Clotilde, dont la porte enfoncée roule avec bruit sur le sol.

Un homme, un jeune homme est là, pâle, haletant, échevelé. Il s'élance d'un bond vers le lit, d'une main il s'empare de Derbain, il le jette sur le parquet, et là, penchant vers lui sa tête dont les yeux flambaient, grinçant des dents comme un tigre, il dit en rugissant ces paroles :

— Malheureux ! tu la souillais ..., elle est ma sœur !...

Ce jeune homme était Anatole.

CHAPITRE X.

—

HISTOIRE ANCIENNE.

ANATOLE, imbu malgré lui des préceptes de ses nouveaux amis, était arrivé au rendez-vous avec des dispositions peu timides. On l'avait raillé sur sa conduite à Sceaux, sur les remords que lui avait donné son manque de respect envers une femme qui lui écrivait la première, et il s'était

3   7 *

promis de ne plus s'exposer à des quolibets, à des reproches d'autant plus sensibles qu'ils étaient armés de pointes, accompagnés de calembourgs.

Madame Poulet attendait, dans un costume sévère bien éloigné de celui qui est d'usage dans une amoureuse entrevue. Le salon où elle se trouvait était modeste ; on n'y trouvait rien de ce qui fait la commodité d'un tête - à - tête : il n'y avait là ni canapé ni causeuse.

La figure de madame Poulet était douce et bienveillante ; cependant, on pouvait remarquer dans ses manières quelque chose de digne et d'imposant, qui s'accordait peu avec les pensées qui occupaient en ce moment le jeune homme.

Il fit quelques pas dans le salon ; madame Poulet lui tendit la main.

— Venez, lui dit-elle, écoutez-moi : mon étourderie, lors de notre première entrevue, nous a exposés tous les deux à de cruelles méprises : elles ne se renouvelleront plus. Asséyez - vous près de moi, et soyez attentif ; j'ai à vous parler de choses graves.

Anatole, un peu déconcerté, s'assit sans prononcer une parole.

— Vous êtes jeune, mon ami, vous avez commis des étourderies, des fautes.... Mais sans guide, sans mentor, pouviez-vous agir autrement, pauvre enfant abandonné ! Vos parens, un de vos parens, du moins...

— Des parens ! des parens !....

O! mon Dieu! j'ai donc une famille..., quelqu'un à aimer dans ce
monde...?

— Un de vos parens, reprit madame Poulet, d'une voix mal assurée, vous a toujours suivi d'un œil
inquiet; mais, hélas! sa vigilance
était gênée par la position où il
était placé. Il souffrait de vous savoir pauvre; mais il ne vous savait pas misérable.... Cette découverte a été bien poignante pour
votre malheureuse mère.

— Ma mère! c'est une mère!!
elle vit donc!... j'ai une mère, mon
Dieu!

— Une mère bien à plaindre,
Anatole! Elle vous aime et ne peut
vous presser sur son cœur.... bien
malheureuse, car elle ne pourra
jamais vous prendre par la main et

dire hautement : Cet homme est mon fils.

— Hélas ! je l'avais bien deviné, dit Anatole dont la tête descendit lentement sur sa poitrine.

— Votre mère, Anatole, a dans mon amitié quelque confiance...

— Vous la connaissez donc! s'écria impétueusement le jeune homme.

— Oui, mais je ne dois pas vous la nommer.

— Chargée par elle d'avoir avec vous un entretien, je vous écrivis; vous savez comment vous interprétâtes ma démarche.... Vous savez, ajouta-t-elle en rougissant, ce qui se passa dans la forêt....

— Pardon! Oh! pardon, s'écria Anatole.

— J'aurais dû m'expliquer plus

clairement, et ne pas laisser à votre imagination le tems de s'enflammer. J'ai des torts, je les confesse... Anatole, pardonnons-nous tous deux... : maintenant la même erreur ne saurait avoir lieu...... écoutez-moi, mon ami... Votre aïeul paternel, le seul homme qui se soit jamais intéressé à vous, vous légua en mourant, une somme de trente mille francs. Elle devait vous être remise le jour où vous seriez majeur ; vous venez d'atteindre vingt-un ans ; recevez ce portefeuille... ; faites-en un bon usage, jeune homme, car c'est là toute votre fortune. Votre mère vous aime tendrement, bien tendrement, croyez-en ma parole ; mais sa position est telle qu'elle ne peut rien faire pour vous.

Anatole prit le portefeuille, il le posa sur son cœur, le pressa sur ses lèvres, mais il le rendit sur-le-champ.

— Je suis bien pauvre, Madame, dit-il, mais j'ai appris à souffrir sans me plaindre... Je préférerai toujours à l'humiliation, la douleur... Ce présent est une aumône; je n'en recevrai jamais. Ma mère vit, dites-vous? c'est une marâtre puisqu'elle ne m'a pas pressé sur son cœur! Sa tendresse était mon premier bien... Qu'elle garde son or celle qui me refusa ses caresses...; elle ne m'aime pas; je ne veux rien.

— Elle ne vous aime pas!... malheureux! Oh! ne la calomniez pas ainsi!... il n'y a que ses souffrances qui puissent égaler son amour...

Qu'elle a souffert, bon Dieu! cette femme que vous accusez cruellement.

— Et moi, Madame, n'ai-je donc pas souffert!... Tous les enfans qui m'entouraient avaient une mère pour les aimer, des parens pour leur sourire; moi, j'étais seul, tout seul... : tous les fronts se rembrunissaient à mon aspect.... Ah! Madame, cet isolement, cet abandon, ont été pour moi plus douloureux que les privations, plus affreux que la misère...

— Anatole! pardonnez lui, car elle est bien malheureuse... Aimez-là, car votre amour peut seul la dédommager de ce qu'elle a souffert.

Anatole poussa un profond gémissement; il sanglota sans répondre.

— Mon ami, reprit madame Poulet, refuserez-vous toujours ce portefeuille?

— Oui, Madame, je n'en veux pas. Que ma mère me cache son nom, son pays, sa demeure, si elle tient tant à rester inconnue... Que m'importe à moi un vain assemblage de lettres qu'on appelle un nom !... Mais c'est elle, c'est sa personne... ses traits, sa physionomie... : c'est ma mère, la femme qui est ma mère, que je voudrais entrevoir un instant... Oh! Madame, que je puisse la voir une seule fois... ; qu'elle me presse sur son cœur... ; qu'elle me dise : *mon fils!* et je l'aimerai comme si elle m'avait nourri de son lait, réchauffé par ses caresses... : je la quitterai pour jamais si elle l'exige, alors je

т. 3.   8.

recevrai ses dons... car elle m'aura donné son amour ; car alors je serai son fils ; car alors elle sera ma mère.

Madame Poulet se leva ; elle pleurait ; ses lèvres étaient tremblantes ; elle tendit les bras au jeune homme qui la regardait avec angoisses.

— Eh bien ! s'écria-t-elle, eh bien ! *Mon fils !* viens donc sur mon sein... : je suis ta mère !

— Ma mère ! O mon Dieu ! ma mère ! s'écria Anatole, et bientôt après l'on n'entendit plus que des mots entrecoupés, des soupirs de joie, des embrassemens maternels.

— Te nommer mon fils, Anatole ! reprit madame Poulet après quelques instans d'un éloquent silence, c'est dire que je fus faible et coupable...; c'est vouloir rougir devant toi. Écoute-moi, pourtant, mon enfant bien aimé; peut-être, après m'avoir entendue, me plaindras-tu sans me blâmer.

« A l'âge de seize ans je n'avais d'autre parent que ma mère. C'était une bonne et digne femme; honnête et simple, elle n'avait connu de la vie que ses joies : la simplicité de l'âme est pour moitié dans le bonheur.

» Comme elle m'aimait, ma bonne mère! J'étais fraîche; on me trouvait jolie; ma mère me voyait admirable. J'étais si belle! Je ferais inévitablement un beau mariage...; je serais heureuse, brillante, enviée... Pauvre mère! tes rêves étaient doux, mais combien ils étaient menteurs!

« Nous étions peu riches ; mais des goûts simples, un travail modéré et deux mille livres de rente, nous faisaient vivre dans une honorable aisance.

» Fière de ce qu'elle appelait mes charmes, ma mère aimait à me produire, à me faire briller. Le dimanche elle bouclait avec soin mes longs cheveux, les couronnait d'un joli chapeau de paille, me couvrait, avec complaisance, de mes plus fraîches parures ; puis, glorieuse de sa fille, elle me conduisait au Luxembourg, aux Tuileries, partout où il y avait des yeux pour m'admirer, des passans qui feraient doucement battre son cœur, en s'écriant : qu'elle est gentille !

» Ces éloges me manquaient rarement. Les hommes sont prodigues de leur admiration; il suffit d'un peu de jeunesse pour attirer leur attention. Une foule de jeunes gens se pressait sur mes pas dans chacune de nos promenades.

» J'étais flattée de leurs attentions, de leurs hommages, car ils faisaient plaisir à ma mère.

» Parmi cette foule d'étourdis, il était un jeune homme que je finis par remarquer. Celui-là, plus obstiné ou plus épris que les autres, était sans cesse attaché à mes pas; je le rencontrais en tous lieux; et, quand je restais au logis, j'étais sûre de l'apercevoir dans la rue, les yeux invariablement fixés sur ma fenêtre.

» Ce jeune homme pouvait avoir vingt-deux ans ; ses traits étaient expressifs et réguliers, sa taille haute et bien prise, sa physionomie spirituelle et douce.

» Sa persévérance flatta d'abord mon amour-propre; ensuite elle me toucha. Je le regardais avec plaisir; je lui rendis son salut; je aimais sans m'en douter.

» Ce manége, ces amours muets, durèrent pendant plusieurs semaines. Enfin, ce jeune homme s'avisa de louer un appartement voisin du nôtre. La proximité de nos demeures lui permit de causer avec ma mère; il la combla de tant de respects, de politesses, de prévenances, qu'il réussit à se faire recevoir dans notre intérieur.

» Ma pauvre mère était trop vertueuse pour avoir de la défiance; elle voyait en lui l'homme qui devait réaliser tous ses rêves. Édouard paraissait riche ; il m'aimait, il m'épouserait ; l'avenir s'ouvrait radieux devant moi.

» J'aimais ce jeune homme comme on aime pour la première fois ; je le disais à ma mère, et la bonne femme souriait : sa vie n'avait pas été agitée par les passions ; ne connaissant pas leurs effets, elle ne redoutait pas leurs dangers. Appelée quelquefois au dehors par ses affaires, elle nous laissait seuls, Édouard et moi, et souriait de nouveau quand elle nous trouvait rouges, émus, palpitans, à son retour.

» Hélas ! mon fils ! cette imprudente sécurité me perdit ! Édouard abusa de mon amour, de mon in-

nocence... : j'étais pure ; il me dés-
honora.

» Trois mois s'écoulèrent. Ma
mère ne se doutait de rien ; Édouard
m'aimait toujours. Il promettait
de m'épouser ; je m'abandonnais à
une confiance fatale qui devait,
hélas ! se dissiper bien promptement.

» Un matin, dès la pointe du
jour, un grand bruit se fit entendre dans l'appartement d'Édouard.
Une voix d'homme, une voix grave, imposante, parlait avec sévé-
rité. Édouard sanglottait, et d'une
voix faible répondait quelques mots
que je ne pouvais entendre. L'é-
tranger parla de nouveau.

» — Tu l'aimes, malheureux !
disait-il, eh ! que m'importent à
moi tes ignobles passions, tes

amours adultères!.... Tu l'aimes, dis-tu? Ignominie sur toi qui oses faire un pareil aveu à ton père! Infamie! sur l'homme qui, pour justifier l'abandon d'une chaste et légitime épouse, allègue son amour effréné pour une concubine!

» Hélas! mon fils! Je n'en entendis pas davantage.... Édouard m'avait trompée, mon déshonneur était irréparable; il était déjà marié! Je tombai sans mouvement sur le parquet; la fièvre, le délire, s'emparèrent de moi; je luttai longtems contre une maladie mortelle... Ah! pourquoi me fallut-il revenir à une existence qui ne devait plus me procurer que des souffrances!

» Lorsque le délire fut tombé, je vis deux personnes assises à mon chevet : l'une était ma pauvre mère, l'autre un vieillard qui m'était inconnu.

» — Pourquoi pleurez-vous, Madame? disait ce dernier, le médecin ne vient-il pas de vous le dire? Votre fille est sauvée. .

» — Sauvée! sauvée! disait ma mère avec un accent déchirant, sauvée! pauvre Louise! elle vivra, sans doute, mais elle vivra déshonorée... N'avez-vous entendu que la moitié des paroles du docteur? La malheureuse est enceinte!

» Hélas! il n'était que trop vrai; le crime d'Édouard était complet; je devais être mère.

» Ce vieillard, mon Anatole, c'était votre aïeul, c'était le père d'Édouard. Bon, sensible, mais honnête et scrupuleux, il avait éloigné son fils qui oubliait à Paris l'épouse qui pleurait son absence en Bretagne. Il m'avait cru coupable ; il était venu m'offrir de l'argent. Il me trouva seulement malheureuse ; il devint pour ma mère un ami, pour moi un second père. Grâce à ses soins, ma faute demeura cachée ; je te mis au monde, mon Anatole, et ton aïeul te reçut dans ses bras, t'accueillit par des caresses.

» — Enfant ! disait-il en te baignant de ses larmes, ton père ne pourra jamais te presser sur son cœur ; tu n'auras jamais de famille ; mais si je ne puis effacer la tache de ta naissance, je la cacherai sous des fleurs ; je te laisserai ce qui tient lieu de famille... ; tout ne te manquera pas dans ce monde, car je te donnerai de l'or.

» Ton grand-père était bon, Anatole, mais il était inflexible dans l'accomplissement de ce qu'il croyait un devoir ; il me fallut lui jurer de ne révéler jamais à Édouard que je lui avais donné un fils.

» Cette promesse était cruelle ; je la fis cependant, car elle était nécessaire. Si Édouard eût connu ta naissance, il eût fait, sans doute, beaucoup d'efforts pour renouer des liens qui devaient être rompus pour jamais.

» — Que te dirai-je, mon fils ? ma mère était bien vieille ; mes chagrins l'avaient bien fait souffrir ! Sa santé s'altérait de jour en jour. La crainte de me laisser seule, isolée, sans protecteur dans le monde, était pour elle une amère douleur. Elle me suppliait avec larmes d'accepter les propositions de mariage qui m'étaient adressées ; mais je ne voulais ni rougir par des aveux, ni tromper par le silence : je refusais toujours.

» Enfin je vis sur son lit de mort ma pauvre mère... D'une voix mourante elle me priait d'accepter M. Poulet qui se présentait ; cet homme me parut simple mais honnête ; je lui avouai ma faute, ta naissance ; mais je dus te dire mort, car je l'avais ainsi promis à ton aïeul. M. Poulet fut généreux, il m'épousa.

» Mais, hélas! O mon Anatole! Je devais apprendre que le pardon n'est pas l'oubli. Mon mari est jaloux, car il connaît ma faiblesse. Ma conduite de jeune fille justifie

son mépris pour mon se e; je me résigne à le subir, mais, hélas! j'ai
éprouvé bien souvent dans le cours
d'une vie déjà longue, que si la résignation est une vertu, c'est du moins
une vertu bien cruelle, quand elle
est une nécessité de tous les jours. »

Ici, madame Poulet s'arrêta;
mais son regard inquiet trahissait
la tendresse et les angoisses d'une
mère. Tremblante, elle cherchait à
lire dans la physionomie d'Anatole,
si son fils l'aimait encore, si l'a-
mour filial, un amour de quelques
minutes ne mourrait pas sous le
mépris.

Mais les malheurs de cette pauvre femme, étaient des vertus de
plus pour Anatole.

— O ma mère! ma mère! répétait-il, en la pressant sur sa poi-

trine, et les yeux de madame Poulet se baignaient de douces larmes, et son cœur oppressé se dila-
tait.

— Je n'aurais pas dû te faire ces
aveux, disait-elle ; j'avais promis à
ton aïeul de ne pas te nommer mon
fils... Il l'a bien fallu pourtant
puisque tu ne voulais pas accepter
ses bienfaits.... Maintenant nous
nous verrons souvent... n'est-il pas,
mon Anatole ? Tu as à présent des
capitaux ; travaille, sois actif ; tu
réussiras, tu seras riche. Alors, vois-
tu, il y a un grand bonheur que
je te destine.... Ursule est la fille
de mon mari ; je l'aime comme mon
enfant ; elle deviendra ton épouse.
Et moi, moi qui t'aime tant, mon
Anatole , je pourrai te nommer
mon enfant devant Dieu et devant

les hommes. Tu verras comme nous serons heureux en famille.... Ursule, Clotilde, Clotilde ta jeune sœur....

— Clotilde! Clotilde! s'écria le jeune homme en qui ce nom réveillait un remords déchirant; Clotilde! elle est ma sœur... Malheureux! Je l'ai prostituée à un infâme!

Et, brûlant de réparer, s'il en était tems encore, la faute qu'il avait commise, sans songer à l'éclat qu'il allait faire, il s'élança loin de sa mère, courant comme un forcené, criant comme un frénétique, bravant tout, prêt à tout.

CHAPITRE X.

—

LE RAPT.

PENDANT le récit que nous venons de faire, les événemens marchaient dans la chambre de Clotilde.

Derbain, terrifié par la violente secousse qui l'avait précipité sur le parquet, par les paroles incompréhensibles qui bourdonnaient encore

3.   8 *

à ses oreilles, demeurait à terre, étendu, le cœur palpitant, l'œil hagard.

La jeune tête de Clotilde avait été bouleversée par tant d'incidens imprévus; elle avait peur, elle criait, sans songer que ses cris attireraient sa famille et que Derbain serait découvert.

Jeannette, en ce moment, était fort agréablement occupée. Elle accourut cependant, accompagnée de M. Maurin.

Madame Poulet arriva peu de tems après, tremblante, désolée presque folle. Elle demandait en vain des explications; tout le monde criait sans répondre.

L'arrivée de M. Poulet porta la scène au plus haut degré d'intérêt.

Le vieux bonhomme, réveillé en sursaut au milieu d'un rêve qui lui

montrait ses femelles sages, sou-
mises, fidèles, vertueuses, arrivait en chemise et en bonnet de co-
ton. Il s'était fort adroitement muni
d'une chandelle, et il demeura
béant sur le seuil de la porte, à
l'aspect du tableau qui s'offrit à ses
regards.

Il rêvait ses femmes chastes, et il dé-
couvrait trois hommes, trois jeunes
gens, trois amoureux, la nuit, seuls
avec trois de ses femelles. Sa femme, sa fille, sa servante, tout dans
sa maison, s'entendant pour le tromper... tonnerre!!! C'était à en perdre
la tête, s'il en avait eu par hasard.

Dans le premier moment le pauvre diable était trop ébahi pour
être bien redoutable. Il ouvrit une
grande bouche qui ne disait rien
du tout, de petits yeux qui ne faisaient pas de mal et il ne pouvait

ni parler ni remuer. La stupé-
faction l'avait pétrifié comme la
femme de Loth ; il était là, immo-
bile et béant comme une statue
mal faite.

Cependant, la grande majorité
des personnages en action, paraissait fort troublée par sa présence.
Jeannette, entr'autres, s'amoin-
drissait, faisait tourner ses pouces
et regardait en dessous du côté de
la porte.

Anatole, au milieu de tant de
monde, ne voyait ni n'entendait. Il
croyait sa sœur souillée par un séducteur, il songeait qu'il avait lui-
même aidé à son déshonneur, il
écumait de colère. D'un pied tremblant il tenait Derbain collé sur le
parquet, et il levait sur sa tête une
chaise avec laquelle il se propo-

sait tout simplement de l'assommer.

— Monstre! infâme! scélérat! criait-il, tu as donc réussi dans ton odieux projet?.. Clotilde est ta victime!.. Tu as donc flétri ma pauvre sœur?...

Clotilde déshonorée... un étranger qui la défendait en l'appelant sa sœur.... M. Poulet n'y comprenait rien du tout. Cependant la colère commençait à l'emporter sur l'étonnement : il courut chercher son vieux sabre.

— Anatole! mon fils! mon Anatole! s'écria madame Poulet; que veut dire cet emportement..? pourquoi ces étrangers..? pourquoi, ma fille..?

— Ma mère! ô ma mère! répondit le jeune homme hors d'état de peser ses paroles; ô ma mère! de

mon entrée dans votre famille da-
tera son déshonneur... Votre fille...
ma sœur... est devenue la proie d'un
corrupteur... et c'est moi... moi,
votre fils... moi, son frère... qui ai
introduit chez vous l'homme infâme qui devait la flétrir...

— Sa mère!... sa sœur!... trois
séducteurs à la fois... triple tonnerre du bon dieu!... tremblement
du ciel!... cria M. Poulet, rentré
assez à tems pour entendre la réponse d'Anatole; et, en parlant
ainsi, il brandissait au hasard sur
toutes les têtes son vieux sabre
rouillé.

Ces paroles, cet aspect menaçant,
cette lame nue qui s'agite sur son
front, rappellent Anatole à lui-
même. Il sent que son désir de sauver Clotilde l'a entraîné trop loin,

et que , sans rien sauver, peut-être,
il a compromis tout le monde. La fureur qui l'animait tombe devant son
repentir. Voulant réparer ses fautes,
il cherche par quelques mots à cal-
mer M. Poulet ; mais celui-ci fait
trop de bruit pour pouvoir rien entendre; d'ailleurs il est trop furieux
pour se contenter de phrases , c'est
de la vengeance , c'est du sang qu'il
lui faut.

D'une main que la colère rend
forte, nerveuse, il saisit Anatole
au collet, d'un brusque mouvement
il le renverse sur Derbain qui gît
toujours sur le parquet, il pose sur
sa gorge la lame aigue du vieux sabre, tout prêt à commettre un
meurtre pour se venger d'un outrage qu'il ne connaît pas encore.

Mais madame Poulet a vu le pé-

ril que courait son fils, elle s'est
élancée sur son mari ; le fer a changé de direction, il épargne Anatole,
mais il s'enfonce dans le bras de
Derbain, qui pousse un cri per-
çant.

Le péril était un peu diminué.
La secousse que madame Poulet
venait de donner à son mari avait
fait tomber la chandelle ; le furieux
bonnetier, au milieu de l'obscurité, n'osait plus se servir de son
sabre. Il méprisait ses femelles,
pourtant il aurait craint de les tuer.
C'était aux hommes surtout qu'il en
voulait, car les femelles, après
tout, n'étaient pas allé les chercher.

Dans cet état de choses, il prit le
parti de jouer à Colin-Maillard. Il
comprima ses rugissemens habi-

tuels, et, étendant les bras, il chercha à saisir une victime.

Mais soudain une voix étrangère,
une voix nouvelle retentit avec autorité dans la chambre de Clotilde.

— Arrêtez! arrêtez! cria-t-elle.

— Grand dieu! s'écria Derbain,
cette voix... cet étranger... c'est
mon oncle... je suis perdu... sauvons-nous...

— L'on me chassera, l'on me
battra si j'attends, dit Jeannette
de son côté, venez, mon amoureux, sauvons-nous...

Tous trois se dirigèrent doucement vers la porte; mais au moment de sortir Derbain s'arrêta.

— Mais Clotilde! Clotilde!
s'écria-t-il, en frappant du pied,
si je sors, je ne la reverrai jamais.

T. 3.   9.

— L'avez-vous eu? demanda
Jeannette.

— Non.

—Vous sériez un lâche si vous la
manquiez... Il n'en sera pas ainsi.
Profitons de l'obscurité... elle est à
nous, si nous savons nous y prendre... Venez .. venez, suivez-moi.

Cette conversation avait été rapide ; elle était à peine terminée,
quand Ursule, réveillée en sursaut,
entra dans la chambre de sa sœur,
elle portait un flambeau ; chacun
des personnages put jeter enfin un
regard autour de lui.

M. d'Arancourt tendit la main
à M. Poulet.

— Vous le voyez, dit-il, je sur-
veillais mon neveu.. J'arrive à tems
pour sauver votre fille.

— Ma fille! ma fille! s'écria le

bonhomme, c'était donc pour elle, c'était pour Clotilde!... Malheureuse! s'écria-t-il en s'élançant vers le lit... malheureuse! tu vas périr de ma main...

Et, en parlant ainsi, il cribla de coups de sabre la couche de la pauvre Clotilde...

— Ma fille! ma fille! s'écria madame Poulet... Elle s'élança toute éperdue... mais Clotilde n'était plus là... Jeannette et ses complices avaient profité d'un évanouissement... les malheureux l'avaient enlevée...; ils l'entraînaient bien loin de la maison paternelle ....

FIN DU TOME TROISIÈME.